O PAI DE MAX BAUER

O Pai de Max Bauer
E OUTROS CONTOS

Marcos Rodrigues

Fotos de Luciana Mendonça

 Brasileiros

Copyright © 2011 Marcos Rodrigues

Direitos reservados e protegidos pela Lei 9.610 de 19 de fevereiro de 1998.
É proibida a reprodução total ou parcial sem autorização, por escrito, das editoras.

Dados Internacionais de Catalogação na Publicação (CIP)
(Câmara Brasileira do Livro, SP, Brasil)

Rodrigues, Marcos
O Pai de Max Bauer e Outros Contos / Marcos
Rodrigues. – São Paulo: Ateliê Editorial:
Brasileiros Editora, 2011.

ISBN 978-85-7480-568-9 (Ateliê Editorial)
ISBN 978-85-65256-00-1 (Brasileiros Editora)

1. Contos brasileiros   I. Título.

11-12948   CDD-869.93

Índices para catálogo sistemático:
1. Contos: Literatura brasileira   869.93

Direitos reservados à

ATELIÊ EDITORIAL
Estrada da Aldeia de Carapicuíba, 897
06709-300 – Granja Viana – Cotia – SP
Telefax: (11) 4612-9666
www.atelie.com.br / atelie@atelie.com.br

BRASILEIROS EDITORA
Rua Mourato Coelho, 798 – cj. 81
05417-001 – Pinheiros – São Paulo – SP
Tel: (11) 3817-4802
www.revistabrasileiros.com.br

2011
Printed in Brazil
Foi feito o depósito legal

Para Joana

AGRADECIMENTOS

À Cândida Del Tedesco, ao Hélio Campos Mello e ao Mario Miranda.

Sumário

Um Raro Escritor – *Hélio Campos Mello*. 13

Preta. 17

Um Homem de Método 21

Um Grande Circo. 25

Lata 83 29

A Vida da Magali 33

La Donna Immobile. 37

Zumbis. 41

Raras. 45

A Hipótese de Jaworski 49

Café Bali. 53

Vuturuna 57

Uma Bobagem 61

Cantilena 65

De Tempos em Tempos. 69

Uma Boa Receita 73

Gestos. 77

Uma Pedra 81

O Pai de Max Bauer 85

Os Dois Segredos 89

Meus Quatro Amigos 93

Caravan 97

Matsuda 101

Lambanças 105

Padre Borelli 109

Uma Breve Conversa 113

Tropeços 117

Dom 121

O Bom Padeiro 125

Noite Feliz 129

O Patagão 133

Os Outros dos Outros 137

Manhã de Pai 141

Encruzilhada 145

Leve Arrepio 149

Bar Sur 153

Claudete 157

Sasta 161

Bar do Arlindo 165

O Bola 169

O Fim 173

Fonte dos Contos 177

Um Raro Escritor

Conheci o autor deste *O Pai de Max Bauer e Outros Contos* no final de 2008. A *Brasileiros*, revista cuja redação dirijo, ainda engatinhava em sua 15ª edição, quando um insólito texto sobre raridades aterrissou em minha mesa.

Falava de amor e futebol.

"Como ela não entendia de futebol e não havia nem ouvido falar da memorável defesa, me ofereci para ilustrar [...] Fiquei na cabeceira e pedi que ela, do pé da cama, jogasse o travesseiro numa parábola que passasse dois palmos acima de minha cabeça. Ela até que fez tudo direitinho, mas falhei na primeira, claro. Não passei nem perto."

Era sobre um casal e a antológica jogada do goleiro colombiano René Higuita, em Wembley, na Inglaterra, em 1995. "Raras" é o título do conto assim como insólita me pareceu a qualificação do autor: Marcos Rodrigues, engenheiro.

Lado A

Engenheiro civil pela Escola Politécnica da USP e PhD pela Universidade de Cambridge, na Inglaterra. Foi consultor *ad hoc* da ONU e atuou no Chile, Peru, Venezuela, Cuba, Iraque e África do Sul. É professor titular da Escola Politécnica da USP e diretor da KRETTA, empresa de tecnologia.

Lado B

Desde 1990 faz parte da banda amadora 3x4, é autor do livro de contos *Choro de Homem* (Ateliê Editorial, 2002) e foi um dos vencedores do concurso de contos 50 Anos de Bossa Nova, do *Estadão*, em 2008. Pratica canoagem e anda muito, muito. A partir desta edição da *Brasileiros*, junta A e B em *Pequenos Contos*.

Assim foi apresentado na seção de colaboradores da *Brasileiros* de outubro de 2008 e desde então já são 38 textos publicados. Agora, estão juntos aqui neste *O Pai de Max Bauer e Outros Contos* acompanhados de *Preta*, o premiado do concurso do *Estadão*, e do inédito *O Fim*.

Harmoniosos, raros, insólitos e de deliciosa leitura.

HÉLIO CAMPOS MELLO
Diretor de Redação, Revista *Brasileiros*

O PAI DE MAX BAUER

E OUTROS CONTOS

PRETA

Eu vinha de uma encrenca com mulher, tranqueira mesmo. Estava cansado, não de mulher, mas dessas coisas que vêm junto. Não aguentava mais. Estava arrebentado. Foi quando meu irmão disse que tinha ido num guru, um tal sensitivo, desses que arruma a vida, dá rumo. *Ele ouve, pede uns números e dá uns conselhos, você vai gostar*, disse ele. Números? Eu não gosto de números, mas precisava da ajuda e fui.

Era um gordo com bigode, meio lusitano. Não podia ser um sujeito de números, muito menos um sensitivo. Mas, sem preconceito, me entreguei à conversa. Fui respondendo as miudezas. Nada de muito íntimo. Ele não prestava atenção nas palavras, mas olhava bem no olho. Quando comecei a sentir o peso, ele foi direto ao assunto. *Qual sua idade?* Respondi *quarenta e seis*. *Há quanto tempo procura uma mulher, pra viver mesmo? Uns cinco anos*, eu disse meio sem graça.

Até que idade quer resolver esse negócio? Até uns cinquenta, não aguento mais, transbordei envergonhado. Com um lápis ele fez umas contas e disse para eu ficar *com a primeira bem aprumada que me aparecesse até os quarenta e oito,* usou essas palavras. Daí pra frente *não vai achar coisa melhor,* disse seco assim me despachando.

Que conta é essa? Como ele me solta uma barbaridade dessas? Falei pro meu irmão. Ele disse que era assim mesmo: se eu quisesse acreditar que acreditasse, ponto. Continuamos a beber. Ele foi sempre assim, não muda. Não adianta mesmo. Acabei esquecendo.

Aos quarenta e sete, quebrei a bacia num acidente feio, de charrete. Longa fisioterapia, um inferno. No fim de tudo ganhei um conselho para proteger a coluna: *durma de lado, com o joelho apoiado num travesseiro e o tronco em outro, abraçado. Eu disse travesseiro, porque mulher mexe,* disse o médico sorrindo. Não vi graça naquilo.

Desde então fui dormindo assim e tocando a vida até que, há dois anos, me aparece essa mulher. Na bamba mesmo. Saímos uma vez, saímos duas, mais outra e assim fomos. Ela veio vindo pra dentro de casa.

No dia do meu aniversário, quarenta e oito, eu me peguei olhando pra ela lá na varanda. Brincava com os cachorros. Quarentona, bonita e inteligente. Além do mais era bem humorada e, o principal, tinha constância. E tem outra, pensei, cozinha bem e, mais ainda, ela mesma é gostosa. Que mais? O que, nessas alturas, eu posso esperar da vida?

Não sei se foi coincidência ou as pessoas percebem mesmo essas coisas. O fato é que nessa precisa noite, eu já estava abraçado nos meus travesseiros, quase dormindo, quando ela sentou na cama. No escuro mesmo foi tirando os travesseiros e se aconchegando em mim. *Não quero mais esse negócio de você longe de mim*, disse ela agradando meu rosto em seu cangote. Eu gostei tanto daquilo que fiquei ali quieto, juntinho. Em par de colher.

Desde então é assim que dormimos. Já tem uns cinco anos. O médico também estava certo, mulher mexe e acaba com a coluna da gente. Fiquei torto, mas não reclamo, uso bengala. Preta.

Ela acha um charme.

Um Homem de Método

O Nogueira é um homem de método. Ele é assim. Se as coisas funcionam de um jeito, assim devem ser feitas as coisas. É método pra fazer compras. Método pra vender carro, método pra escolher prato em restaurante. E assim vai. Para ele, a vida assim fica mais fácil. Há muitos anos ele descobriu um método sueco para lidar com mulher. No princípio desconfiou daquilo. Mas, do jeito que é, resolveu mandar bala. E mandou.

Ele inicia com uma fase de exploração que, segundo diz, leva à descoberta, que chama de platô inicial. Da descoberta ele naturalmente vai *percorrer os meandros do prazer*, levado pelas *circunstâncias do acaso*. Nesse ponto, o Nogueira modificou um pouco o método. Interfere com as *circunstâncias do acaso*. Usa uns incensos. Velas. Flores.

Deste mundo dos prazeres resulta, inevitavelmente, a repetição que, segundo o método, não deve ser vista como algo negativo. Pelo contrário. É na repetição que se encontra o aperfeiçoamento e daí a maestria. Que é muito positiva. E mais. Dessa maestria resulta a possibilidade de descobrir novas habilidades. Um mundo totalmente novo.

Do desfrute das novas possibilidades, assegura o Nogueira, resulta a confiança. Tônico inigualável para o espírito. E dessa confiança emerge naturalmente o reforço da autoestima que, diz o Nogueira, é essencial. Sobretudo nas questões de mulher. É essa autoestima robusta que leva então ao cume, o ápice, o sentimento de segurança. Essencial à condição humana.

É com essa segurança que o Nogueira vai às novas explorações, então, com outras mulheres. Também aí, uma adaptação do Nogueira que deu muito certo. Foi assim que meu amigo pulou de galho em galho por bem uns quinze anos.

Em 2007 ele conheceu uma morena beirando os quarenta. Bonita e simpática. Inteligente. No princípio o Nogueira até assustou. Pensou *aí tem coisa*! Mas, distraído, deixou-se levar.

Foi muito bem na exploração. Sem pressa chegou à descoberta e, com grande serenidade, chegou aos *meandros do prazer*. As coisas, como previsto, começaram a se repetir, mas ele, aderente ao método, se dedicou à maestria. Daí, como esperado, surgiu a necessidade de novas habilidades e os decorrentes ganhos. Veio naturalmente a confiança e, portanto, o reforço da autoestima. Não surprende, adveio inigualável sensação de segurança. Sentimento maior do ser humano.

Foi aí, nesse estágio superior que, inesperadamente, ele descobriu o amor. Foi aí também – curioso mundo – que a tal morena quebrou as pernas do Nogueira. Fez dele gato e sapato. Jogou o Nogueira na sarjeta e pisoteou. Acabou com a autoestima do homem. Mandou o macanudo pro ralo. Ele ficou um trapo. E, o pior, ela não largou dele. Tripudiou. Dava dó ver as olheiras do Nogueira. Nem comer comia. O corpo, então, era um fiapo.

Por três anos ele ficou nesse fundo do poço. Nem podia ouvir falar em método. Mulher, então, nem pensar. Assustado, buscava respostas no além. Às vezes, achava que ela havia sido enviada pelas outras, que ele deixara pelo caminho. Outras vezes achava que ela tinha parte com o Demo propriamente dito. Um desgosto.

No dia 15 de junho de 2010 – coisa mais triste – ele sentou só com o vizinho para assistir à abertura da Copa do Mundo. Na primeira imagem de abertura ele já se emocionou com o estádio cheio, as bandeiras coloridas e a comovente alegria dos afrodestituídos. Sentiu um irrefreável impulso de congraçamento. Então – Virgem Santíssima – entra a Shakira. Esvoaçante. Cantando *Waka Waka* e dançando descalça. Ah, o bamboleante corpo louro-mouro-latino! Bateu uma inesperada, mas imperiosa, vontade de confraternizar também com a Shakira. Aquilo foi coisa forte que pegou o Nogueira pelos grãos mesmo. Ele sarou na hora. Instantaneamente. Um milagre.

Na mesma noite saiu com a Dolores, uma costureira colombiana que fazia a barra de suas calças. Sarado de tudo, partiu para fase um. Exploração.

Um Grande Circo

Ele falava sobre a interessante ideia de que as coisas do circo encantam porque são metáforas significativas para todos nós. Facilmente reconhecíveis à luz das nossas dificuldades no cotidiano. Quem já não enfiou a cabeça na boca do leão? Quem já não se sentiu alçado em voo incerto? Quem já não foi aparado por um braço forte? Quem já não caminhou no arame? Quem não empilha coisas sobre a cabeça? Quem não se sentiu como leão domado contido por chicote? *Assim somos nós*, disse meu amigo.

Enquanto o circo mantinha essas metáforas no horizonte do plausível, prosseguiu, caminhávamos bem. Mas aí aparece o circo mundial e tudo muda. Não são mais três cadeiras equilibradas na testa, com dificuldade. Nem quatro nem cinco. São 35. Quem equilibra não é mais um rosto vizinho, reconhecível. É um chinês longínquo, um polonês remoto, um africano loiro. Não há mais o rosto e a roupa com os quais se possa identificar. Não há mais o risco concreto. Não há mais o medo com o qual se possa relacionar. Não há mais o rufo imperfeito do tambor temor. Não há mais o cheiro do bicho e do medo, que nos dizem tão de perto. Assim, as metáforas, então palpáveis, foram elevadas ao impossível. O circo do plausível é morto, decretou meu amigo. *Que fazer então?* perguntou ele de supetão.

Eu sempre me atrapalho com essas perguntas rápidas que pressupõem resposta esperta e disse *não sei. Ninguém sabe*, disse ele.

Quantos artistas você acha que tem o Cirque du Soleil? Eu relutei e ele logo disse *uns quatro mil, selecionados de sete bilhões de humanos. É o crème de la crème.* Não são os melhores da Europa ou dos Estados Unidos. É a nata de quarenta países, dos quais mal se conhece o nome. É gente muito rara, que nasceu rolando e já saiu voando. São os grandes talentos, as mais terríveis obsessões, as mais estonteantes aberrações. É uma seleta de habilidosos percorrendo o planeta, a nos mentir. A nos dizer que o impossível é possível. E tudo com beleza, leveza e perfeição. Com graça, em ambiente de encanto e sedução. *Não se consegue mais relacionar essas proezas com o drama do cotidiano*, disse ele um tanto indignado. *Na verdade não são mais proezas, são ilusões*, insistiu.

Mas não é só isso. Se você é pobre e não pode assistir ao vivo, vão levar pra você em vídeo. E se você não tem dinheiro para assistir em vídeo, vai acabar vendo na televisão. Vão acabar mostrando para você que, em saltos mortais, é de seis pra mais. Senão, está fora. Bolinhas para malabares, é pra mais de vinte. O padrão é muito alto, nem pense em coisa menor. Concretamente insistem que o impossível é até mesmo plausível.

Convenhamos, disse ele em tom mais sério, *não se pode conviver com esses padrões mundiais. É muita cadeira para equilibrar, é muito fogo pra engolir. E ninguém mais erra. Um mundo dos que não erram? Onde já se viu uma coisa dessas? Que raio de metáfora é essa? Um trapézio dos que não caem? Um arame dos que não escorregam? Você concorda comigo?*, cobrou com firmeza.

Porque ele era meu amigo, estava nos seus tenros quarenta anos e desempregado há seis meses, eu disse *concordo plenamente, hoje em dia vivemos pisando em ovos*.

Nossos próprios ovos, ele me corrigiu mal-humorado.

O cara fica amargo mesmo, não tem jeito.

LATA 83

O Baldini é um homem das artes. Eu, às vezes, o via no Giba, meu barbeiro. Daquela vez ele estava de partida para Soncino, na Itália. Ia visitar a irmã de Piero Manzoni, um artista plástico. Perguntei quem era essa mulher. Ele me falou do tal Manzoni mesmo.

Imagine um discurso plástico, conceitual e instigante. Imagine que com esta retórica você convence o mundo de que seu trabalho tem valor. E, por último, mas não em último, você os convence de que seu trabalho abre caminhos! Assim foi Piero Manzoni.

Em 1958, produziu "esculturas pneumáticas", balões inflados com o ar de seus pulmões. Em 1960, fez uma exposição de ovos cozidos, marcados com suas impressões digitais. Logo devorados por ele e por seu público. Vendeu então suas digitais impressas. Concebeu "esculturas vivas", mulheres nuas que escolhia e as-

sinava. Depois, criou um pedestal mágico. Quem nele subisse seria uma obra de arte. Voilá!

Que picareta! Eu pensei. *Mas, disse o Baldini, em 1961 entra em cena o pai do Manzoni. Disse ao filho: "Piero, seu trabalho é uma merda!"*

O filho não se abateu, inspirou-se. Coletou suas próprias fezes e, na fábrica de enlatados do pai, produziu noventa latas de merda. O rótulo era multilíngue: Merda d'Artista, Artist's Shit, coisa e tal. Noventa exemplares. Numerados.

Em agosto de 1962, um certo Alberto Lucia, comprou Merda d'Artista a preço de ouro. Não vai aí expressão idiomática. Pelos 30 g da lata pagou 30 g de ouro. E o Baldini prosseguiu...

Seria o valor associado à Merda d'Artista uma referência ao poder do dinheiro do novo rico? Que subverte a nossa sólida herança cultural? Com este questionamento, Merda d'Artista passa a valer mais. Em 1991, a Sotheby's vendeu um exemplar por us$ 67.000. Note que, nessa época, 30 g de ouro valiam us$ 400. Mas, para que servem 30 g de ouro?

Gostei da indagação do Baldini.

Mas, a coisa não para aí, ele prosseguiu. *Em 1998, Bernard Bazile expôs* Boite Ouverte *de Piero Manzoni, uma Merda d'Artista entreaberta, no Centre Georges Pompidou. E, então, por fim, em 2000, o ápice. O clímax. A Tate Gallery comprou Merda d'Artista, lata 4, por us$ 61.000. Saiu barato,* arrematou o Baldini.

Me dei por informado, mas perguntei onde estava o Piero Manzoni. Ele disse que já havia morrido há muitos anos. Enfarte aos trinta. Giulia, a irmã que visitaria, herdara vinte latas. Aí a conversa mudou.

Ruminei aquilo tudo, considerei minhas reservas e, hesitante, perguntei ao Baldini se essa Giulia me venderia uma lata por US$ 10.000. Ele disse que achava difícil, mas poderia tentar. Ela retinha as latas para não derrubar o preço no mercado. Eu insisti, muito. Por fim, ele pediu meu telefone. Disse que me chamaria antes de partir. Essas coisas em aberto sempre me deixam muito ansioso.

Depois de uns dias, ele me liga. Tinha falado com a tal da Giulia. Ela topava, mas eu não poderia revendê-la por três anos. Fechei o negócio na hora. No dia seguinte, ele partiu com meu dinheiro. Não deu um mês, recebi em mãos a minha lata, a 83. Fiquei emocionado.

Já faz dois anos, e o Baldini nunca mais apareceu no Giba. Minha lata está lá em casa. Guardada no fundo do armário. Eu nem gosto de pensar no assunto, mas penso.

Hoje, considero o Manzoni brilhante. A Tate Gallery, então, foi perfeita. Enxergou o Manzoni e colheu o espírito de 1961. O Baldini, o que dizer dessa figura? Fui eu quem insistiu no negócio. A irmã dele, então, está certíssima. Para que guardar uma lata de merda? O problema é comigo mesmo.

Onde foi que erraram meus pais?

A Vida da Magali

Diferente dos irmãos, ele não foi um bebê bonito, rechonchudo e sorridente, como os pais esperavam. Era sério, nunca ria. Podiam jogar o bebê ao alto quanto fosse. Podiam fazer *cuti-cuti* na sua barriga. Seu olhar era sempre sério. Os pais acostumaram.

Menino, não tinha interesse por carrinhos nem nada. Olhava firme as coisas, os bichos e as pessoas. Um olhar que assustava porque era frio. Era um olhar que perscrutava, inquiria.

Nunca foi preciso dizer a ele o que fazer. Na hora do banho, banhava. Na hora de vestir, vestia. Na hora do comer, comia. Não era preciso mandar pra cama. O que dele se esperava, fazia. Era esse seu jeito de ser. Foi assim na escola também. Sempre estudava. Cumpria o dever. Fez excelente faculdade, como esperado. E foi assim com mulher também. Arrumou a devida na hora certa. Casou. E, quando dele se esperava que tivesse filhos, teve. No estreito e crudelíssimo período da vida em que há de conseguir sucesso, prestígio e dinheiro, ele não decepcionou. Sobejou. Foi profissional exemplar, de grande reputação, ficou rico. Muito rico.

Mas, dizem alguns, não há aquele que aguente sempre ser o que dele se espera. Nem mesmo o vencedor. Aos cinquenta e cinco, ainda que tardiamente, exauriu. Cansou de ser o que dele esperavam. Pela primeira vez, olhou para dentro de si. Não encontrou nada. Na verdade, viu que lá no fundo de sua alma, sua mesmo, só havia uma pequena chama, estranha chama. E, por todo o tempo, ela fora coberta por *um magma de expectativas sociais e de exigências morais.* Só assim verbalizando, pode ele compreender o que se passara. Não havia vivido uma vida sua. Que desastre! Ficou arrasado com sua medíocre existência de retumbante sucesso. Chocado, pensou em *perda total.*

O seu costumeiro estar quieto converteu-se em profundo silêncio, meses a fio. Numa noite de sexta-feira, ele tentou contar um pouco dessas coisas pra ela, que não entendeu nada. Ficou apenas com a impressão de que chegara a sua hora.

Passaram muitas outras semanas, silenciosas semanas, e ele disse que *iria caçar marrecos em Pedro Juan Caballero no Paraguai. Ele ficou louco,* ela pensou e logo disse *caçar é sempre bom para espairecer.* Como questionar aquele homem correto, sério, bem-sucedido? Como duvidar daquele monumento? Como desconfiar daquele totem?

Primeiro ele foi pra Ciudad del Leste, comprar armas. Na loja de Abdul Farid Abdul, que diziam ser ligado ao Hezbollah, começou falando em calibre 12 para os marrecos. Não demorou muito e estava comprando uma *Kalashnikov AK-47 para caçar capivaras. Caçar capivaras?* pensou Abdul que achou estranho, mas não fez a pergunta.

Em Pedro Juan viu bandos de marrecos volteando ao entardecer vermelho. Tomou uns tragos e foi dormir. Na madrugada, saiu com Don Olegario. Os dois na voadeira e a cachorrada correndo pela beira do rio, varando o mato atrás das capivaras. No primeiro dia, tocaram mais de trinta pro rio. Não escapou uma. E foram mais cinco dias assim. Do mesmo jeito, na mesma medida. Feroz e violento. Não tinha limite. Don Olegario, homem experimentado, ficou horripilado com a matança. Tomou cautela.

Voltando, já no aeroporto Presidente Stroessner, pôs uma etiqueta com nome de mulher em sua mala e despachou a *Kalashnikov* num embrulho no meio das roupas. Em casa, a arma foi pro armário. Do jeito que veio, com vinte quatro pentes de munição. Embrulhada *pra empregada não ver*.

Ele hoje sabe o porquê do *magma*. Sabe que não é bom ter a arma por perto, mas nem pensa em mexer naquele embrulho.

Magali não tem a menor ideia do que se passou em Pedro Juan Caballero. Não tem a menor ideia de quem é esse homem. E dorme todo dia ao lado dele. Há trinta e cinco anos.

É essa a vida de Magali. Correta, abastada e sempre tensa. Mas, agora falta pouco.

La Donna Immobile

Estávamos nós dois no estúdio quando ela chegou. Já de robe e sandálias. Cumprimentou efusivamente o professor Nicola, que me apresentou como o assistente requisitado. Assistente? Não entendi aquilo, mas não disse nada. Ela logo foi para o sofá junto à janela. Com embaraço, despiu-se. Tinha formas artísticas. Sob orientação do professor Nicola, assumiu uma pose que poderia ser chamada *frontal contemporânea. Con le gambe aperte*, conforme disse o mestre. Estranhei aquilo, mas mantive a serenidade. Ele era um profissional.

Com segurança, posicionou nossos cavaletes muito próximos dela. Uns três passos. Pediu um momento de concentração e a lembrou da importância da imobilidade.

Começamos a sessão. Podia-se ouvir o carvão correndo no papel. A luz vinha da direita, o que tornava tudo muito mais fácil para mim, um canhoto.

Eu estava distraído, completamente imerso no desenho quando, para minha surpresa, o professor Nicola suspira *cavalla tutta nuda*. Aquilo só pode ter escapado da alma. Fiquei tenso, mas ele não demonstrou qualquer constrangimento. Ela sentiu o impacto. Vi em seus olhos, tão próximos.

Prosseguimos. Em meio à sessão, outra vez de forma inesperada, o professor rosnou *gos-to-sa* por entre os dentes. O efeito foi imediato. Como uma brisa que sopra um lago, o arrepio subiu pela canela dela, passou pelo ventre e subiu lá pra cima. Percebi leve orvalho em seu corpo. Corou, o rosto da mulher. Uma coisa impressionante. Ela se mexeu e disse: *Estou nua, não estou pelada.*

Immobile! Immobile! Ele disse com serenidade. Seguimos assim por mais uma hora. Então, fizemos um intervalo. Ela foi descansar na sala dele. Nós dois fomos tomar um café no bar do Hugo. Só aí as coisas ficaram claras.

Ela tinha dinheiro, era viúva e queria um registro artístico daquele corpo, que lhe propiciara tudo na vida.

Havia procurado o professor Nicola, figura maior do nu artístico nacional. Autor do clássico *Anatomia per Uso dei Pittori e Scultori*. Era ele o afamado professor da Escuola di San Marco, que largara tudo por uma mulata.

Ele então me esclareceu a questão. O nu artístico é dissociado de intenções, de impulsos. A mulher pelada, por outro lado, pressupõe intenções, divagações. Há tensão na mulher pelada.

Naquele dia, ele enfrentava dificuldades. *Ela pensa estar nua, mas na verdade está pelada. Só que uma pelada intimidada. Que assim oculta sua sensualidade e, portanto, parece nua,* disse o mestre. Ele, profissional, precisava captar a sensualidade. Ela havia pedido isso na primeira entrevista. Por isso ele tinha dito aquelas palavras.

Ela havia também pedido a tranquilizadora presença de um assistente. Por isso eu estava ali. Ele ainda esclareceu que o efeito principal da palavra é na atmosfera e, portanto, no traço, que fica mais vigoroso. Quase raivoso. Gostei das explicações do mestre.

Voltamos para a segunda parte da sessão. Ela voltou orgulhosa, até imodesta, e assumiu a mesma pose. Nós fomos para outros ângulos e outras sombras. Passado um tempo de silêncio, o professor Nicola me solta um longo suspiro *de-lí--cia*. Ela arrepiou toda de novo. Do mesmo jeito. Realmente impressionante. Distraí e divaguei. De repente, o professor Nicola se voltou para mim e disse: *Muito obrigado por sua assistência, nos veremos quarta-feira.*

Assim, sem mais, abruptamente, fui jogado ao mar. Por sobre a balaustrada, sem qualquer aviso. Lá ficaram os dois. Ele em seu jaleco branco imaculado e ela *em pelo*. Que é ainda um outro tipo de nudez, claro.

ZUMBIS

Lidar bem com o passado é para poucos. Meu amigo Dino Baggetta é um desses poucos. Na verdade, era. Quase ficou louco.

Lá na infância, quando encerrou a escola primária, encerrou. Nunca mais falou dos peitos da professora. Nem das estrelinhas douradas, nem da Soninha, tampouco do lanche rançoso. Acabou, acabou. Do primário, sobrei eu. Agradeço, somos amigos até hoje.

No ginásio, a mesma coisa. Deixou para trás a paixão pela Bel e a raiva do professor que o perseguiu. Virou a página. Passou, passou. Com ele não se remói o tempo.

No colegial foi o mesmo e depois com a faculdade e, então, por toda a vida. O Baggetta gosta das pessoas, desfruta, valoriza, prestigia, respeita e enaltece. Mas, acabou, acabou.

Ele pensa a vida em páginas.

Há páginas que viram naturalmente com o tempo. Na verdade, o que viram são as circunstâncias. É a natural troca de atores no palco. Surgem páginas novas no lugar das antigas. Quando apropriado, ele volta às antigas. Com respeito, como quem degusta algo raro e delicado.

Há outras páginas, mais sombrias, que ele não vira. Corta cirurgicamente junto à lombada e dá um sumiço. Não fica marca. São as difíceis, mas sem maldade. Se ele olhar para o passado, saberá que houve algo por ali. Não deu certo, mas não havia o mal. A estas não volta porque não mais existem. Restam imagens difusas, uma ou outra música, talvez alguns aromas.

E, por fim, há as páginas mais pesadas. Até sinistras. Onde há o mal. Estas, ele arranca. Amassa, queima e joga fora. Destas não sobra nada. É como se jamais tivessem existido.

Não fique a impressão de que o Baggetta é insensível, frio ou desatento. Nada disso. É pessoa doce, mas que passa ao largo do rococó e distante dos detalhes. Não perde tempo com bobagem. Leva as coisas bem. Na verdade, levava.

Em dezembro, me perguntou o que eu achava de zumbis. Eu disse que temia o vodu de uma maneira geral. Quanto aos zumbis, propriamente ditos, me assustavam muito. *A ideia de que um morto ressurja do túmulo e caminhe por aí em estado catatônico me atemoriza*, esclareci.

Ele me ouviu ansioso e foi logo atropelando a fala. Disse que estava recebendo mensagens da Soninha. *Imagine!* E a

Paula?, aquela amiga gostosíssima da Bel, aparecera do nada. *Acredite!* Recebeu convite para ser amigo do Vicentão, que o espancou no primário. E assim foi desfiando um rosário de aparições que me deixou realmente impressionado. Arrematou com seu característico: *Cazzo, esses caras tão loucos!*

Desde que se enredara nesses *sites* de relacionamento, não conseguia mais lidar com o passado como fazia antes. As coisas encerradas estavam ressurgindo a toda hora. As coisas presentes não se encerravam mais. Hoje em dia, todo o passado, a qualquer instante, emerge no presente. Como lidar com essa miríade de pessoas, eventos, relações, memórias, fotos e fatos, amalgamados num *pasticcio* indeglutível?

Não tinha cabeça para isso. Tomara uma decisão drástica. Encerrara seus *e-mails*, seus perfis, se suicidara nos *sites*, nos cadastros, nas listas, nos *chats*, grupos, *twitters* e *blogs*. Em todo lugar. Um trabalhão danado. Desaparecera de todo canto. Sem rastro.

Eu acolhi aquela catarse até o fim, me despedi e voltei para casa. Desconfiado, fiz busca com "Dino Baggetta". Não havia nada, absolutamente nada. Casquetada! No estimado trilhão de páginas da *web* não havia qualquer referência a Dino Baggetta. O *paisano* evaporara. Incrível!

Liguei para ele e confirmei tudo. Mais sereno, ele disse que ia começar tudo de novo. Dessa vez, dissimulado. Com parcimônia. Muita moderação. Extrema cautela. Discreta prudência e, sobretudo, seletividade nos relacionamentos. Pediu-me que anotasse seu novo *e-mail*. Eu anotei tucurunda@gmail.com em meus contatos, mas nem associei a Dino Baggetta.

Há de ter muita cautela nesses ambientes.

Raras

Como eu morava no primeiro andar, foi lá debaixo mesmo que tudo veio. Ela bateu o portão berrando que eu era um louco, esquisotímico. Não aguentava mais meu transtorno obsessivo-compulsivo. Esquisotímico? O que é isso? E meus vizinhos, e o porteiro, como é que fica tudo isso?

A história é que eu gosto de futebol. Na verdade, só de algumas coisas do futebol. Não aguento esse futebol que anda por aí. Com esse negócio de passar de lado, se atirar no chão, beijar camisa, abraçar técnico, comentar juiz. Eu não aguento. Por isso me dedico ao culto dos grandes momentos do futebol. O que eu gosto mesmo são as coisas raras do futebol. Que são raras, claro. Gosto mais ainda das coisas singulares. Essas, curiosamente, estão ficando cada vez mais raras.

Foi esse meu interesse, minha devoção, que gerou toda a gritaria no portão. Eu havia começado apresentando minha visão do assunto e, numa deferência especial, apresentei a ela a minha maior preciosidade. Falei da defesa do escorpião realizada pelo grande goleiro René Higuita, colombiano, no estádio de Wembley, contra a Inglaterra, na primavera de 1995.

Ia o jogo já pela metade quando uma bola vai a gol. Digo que a bola foi a gol porque foi mal chutada por um inglês inexpressivo no meio do arco. Dois palmos acima da cabeça do goleiro. Uma bola fácil. Mas Higuita não é um homem para coisas fáceis. Não resistiu. Arriscou a carreira. Arriscou a vida. Arriscou tudo: em cima da linha de gol, ele me dá um salto para frente, com os braços abertos, como se fosse dar um anjo de trampolim, e defende a bola com a sola das chuteiras, que girou em suas costas rumo ao quadril. Desceu ao gramado já imortal. Essa eu vi, lá mesmo. O estádio paralisou. O jogo parou naturalmente, o juiz entorpecido não sabia o que fazer. Gradualmente começou um aplauso longo, perplexo e respeitoso. O Higuita sabia o que havia ocorrido. Eu também, presto atenção nessas coisas: foi um evento futebolístico singular individual com minha participação presencial passiva. Higuita não precisou de ninguém. Aí está a superioridade dele sobre as coisas do Pelé que, coitado, sempre precisou de um coadjuvante ativo. Como disse, a bola veio ao Higuita. Ele, iluminado, naquele átimo, cedeu à compulsão. Naquele instante fez, pela primeira vez no futebol, o belo individual.

Isso tudo num Wembley ensolarado, coisa bastante rara, mas não singular.

Como ela não entendia de futebol e não havia nem ouvido falar da memorável defesa, me ofereci para ilustrar. Eu já havia visto dezenas, talvez centenas, de vezes.

Fiquei na cabeceira e pedi que ela, do pé da cama, jogasse o travesseiro numa parábola que passasse dois palmos acima de minha cabeça. Ela até que fez tudo direitinho, mas falhei na primeira, claro. Não passei nem perto. Para que ela não pensasse que eu era louco, expliquei que nem me passava pela cabeça fazer algo próximo do Higuita, eu queria apenas ilustrar. Eu representaria para que ela entendesse. Só isso. Ela insistiu que já havia entendido, mas eu pedi que jogasse outra vez, ela aquiesceu. Errei de novo. E olha que eu estava em minha casa, na minha cama, na minha cabeceira, com meu travesseiro.

Pedi mais uma vez e mais outra e assim fomos tentando. Depois de vinte e oito, ela disse *vamos parar, definitivamente, vamos parar*. Eu disse *não posso*. Ela argumentou e eu disse *por favor, não posso parar*. Eu disse ainda educadamente *pelo amor de Deus, até eu acertar*. Ela foi se irritando e, em meio a umas discussões desgastantes, fomos tentando. Eu não estou em forma e fui me cansando. Decerto não havia nem mais graça nos meus saltos. Mas eu precisava me livrar daquele encargo. E fui me cansando e tudo foi ficando mais difícil, sobretudo com ela. Nós estávamos na quadragésima oitava e eu precisava acertar em cinquenta. Precisava porque precisava. Mas ela inexplicavelmente parou e jogou o travesseiro pela janela. Disse *game over*. Assim mesmo, uma frescura.

Implorei, pedi outro, pelo amor de Deus, mais unzinho, mas não teve jeito mesmo. E o amor? Onde foi parar este comportamento moral axiológico mais elevado? E o partilhar da impressão estética singular? Ela não quis saber de mais nada. Nem de mim. Se vestiu, pegou a bolsa e se mandou. Uma fera.

Eu, incompreendido, vesti meu pijama e fui pra janela. Lá de cima escutei tudo e, ofendido, fui dormir. Pensando na mulher do Higuita. Decerto uma mulher sensata, amorosa e compreensiva. São muito raras hoje em dia.

A Hipótese de Jaworski

Flávio Augusto era um advogado bem-sucedido. Homem culto, trabalhava pesado no prestigioso escritório Varella, Fagundes, Lacerda e Morelli Advogados. Tinha competência e paciência. Era equilibrado e muito considerado. Além do mais, era profissional de alta produtividade, diziam seus colegas. Tinha um hábito entranhado, inofensivo à luz do que se via no Varella, Fagundes, Lacerda e Morelli Advogados. No meio da tarde – um pequeno recreio –, comia um Diamante Negro e lia suas *abobrinhas web*: mensagens de esperança e pânico, mulher pelada, piadas, correntes de salvação e algumas pequenas sacanagens. Certa tarde, veio o *link: se você fosse cachorro, que cachorro seria?* Ele achou aquilo intrigante. Sem a menor necessidade, mas com um decidido clique, foi descobrir que cachorro seria. Por seu porte, sobriedade, serenidade e humor imaginou-se um Labrador.

Talvez um Golden Retriever ou até mesmo um Pastor Alemão. Tinha-se em boa conta.

Intrigado, foi respondendo às perguntas. Cada qual apresentava uma lista de dez opções. As perguntas eram sobre preferências por livros, escritores, música, compositores, cantores, cantoras, pintores, atores e atrizes. Por fim, esportes, essências e sabores. As alternativas eram sofisticadas. Supôs coisa séria. Foi respondendo e imaginando qual seria o processo por detrás. Decerto haveria correlações de aspecto e personalidade. Quem sabe algumas psicóticas? Talvez algumas inferências sobre agilidade, combatividade, inteligência e fidelidade. Respondeu tudo com muito cuidado e logo e veio a resposta: Cocker Spaniel.

Que decepção! Nunca se imaginara um Cocker Spaniel. Nunca se sentira *de companhia*. Nem carente, do olhar caído. Tampouco intolerante à solidão, incapaz de ficar consigo! Pensando ter havido engano, respondeu de novo, com pequenas modificações. Deu Cocker Spaniel outra vez!

Voltou a trabalhar, mas ficou com aquilo na cabeça. Por que aquelas respostas o definiriam como Cocker Spaniel? Talvez tivesse uma imagem errada de si. Não é assim com todo mundo? O assunto não saiu de sua cabeça. Em poucos dias estava de volta ao questionário, com uma nova atitude. Em esporte, respondeu boxe, mais agressivo. Escolheu um autor menos deprimido: mudou de Coetzee para Bryson, claramente mais Labrador. Esperou a resposta e deu Cocker Spaniel. De novo.

Seria ele um Cocker Spaniel? Filosoficamente considerou que um Cocker Spaniel não sabe que é Cocker Spaniel. Deixou o assunto de lado. Não falou com ninguém, nem poderia, mas o incômodo estava lá, latente. Voltou muitas outras vezes ao teste, com muito cuidado. Com método. Só dava Cocker Spaniel.

Certo dia, em plena tarde, clicou no *fale conosco* e num instante engatou conversa com o responsável. Era um estudante de Ciências Comportamentais que testava a hipótese de Jaworski, logo explicada de forma simplificada: *quem diz que não é, é.* O trabalho já fora concluído e publicado no exterior, em revista científica internacional, indexada. *O* site *ainda estava no ar por descuido*, desculpou-se o rapaz.

Questionado, explicou seu método: qualquer que fossem as respostas, sempre dava Cocker Spaniel. A imensa maioria não se importava com isso. Alguns poucos o procuraram. Estes, incomodados, foram então longamente entrevistados. Daí resultou um perfil. O *senhor*, disse confiante, *deve ser um profissional liberal, com mais de 45 anos, mais de um metro e oitenta, casado e com filhos. Tem inseguranças afetivas, certamente gosta de Diamante Negro e, provavelmente, de manjar branco.* Flávio Augusto, assombrado, não soube o que dizer. Desligou o telefone bem devagarzinho.

Naquela tarde, ficou prostrado em sua sala. Murcho, boro-coxô. Derrubado. Desconsolado e abatido. Como um Cocker Spaniel preso em área de serviço.

Café Bali

Bauru, Eurico e Batata; Alvarenga, PK e Tonico; Edu, Fabrício e Bacalhau. Esse era o *time do café*. Por muitos anos nos reunimos pra tomar café lá pelas quatro da tarde no Esplanada Paulista. Mais por coincidência de hábitos do que por qualquer outra coisa. Quinze minutos no balcão, todo dia. O pessoal trabalhava por perto. Grupo bom, mas não perfeito. Me incomodava a relação do PK com o Batata.

O Batata era baixo, gordo e agitado. Com os olhos pequenos e um bigode aparado, meio espetado. Estava seguro que o perseguiam ou conspiravam contra si. Sempre trazia as evidências. Era um paranoico. Limitado, mas boa gente. Sempre gentil.

O PK era um advogado magro, amarelado pelo cigarro. Até no branco do olho. Sempre de terno marrom. Era um tipo estranho, mas não incomodava o grupo. O negócio dele era o Batata.

Quando o Batata falava, o PK mostrava impaciência ou começava uma conversa paralela. Às vezes, quando o Batata fazia um comentário, ele virava de lado. Achei que podia ser cisma minha, mas, com o Batata, ele até abaixava a voz. O Batata não escutava direito. Coisa perversa que se estendeu por anos. Fiquei de olho no PK.

Certa feita o Batata andou falando de umas encrencas com o casamento coisa e tal. Não deu detalhes, mas não era nada sério. O PK ouviu tudo e mandou um *sabendo usar... chifre não é problema*. Riram todos, menos o Batata. Não passou um mês e soubemos que havia se separado. *Foi por besteira, bobagem mesmo*, disse o Alvarenga, que conhecia bem o Batata. *Cuidado com o PK*, emendou. Isso reforçou minhas suspeitas.

Meses depois, o Batata começou a dizer que estava sendo roubado em sua loja. Mais, estava apavorado com direito do consumidor e com passivo trabalhista. O PK sentenciou: *você está numa fria e vai ficar gelada. Pule fora.* De novo o Batata foi de embrulho. Passadas algumas semanas, havia demitido todo mundo e fechado a loja. Perdeu dinheiro. Muito.

Passaram-se meses e o Batata se reergueu com um negócio menor. O Café Bali, ali perto, onde nosso grupo passou a se encontrar: *expresso* e biscoitos amanteigados. O lugar tinha estilo.

O Batata parecia feliz e animado. Mas, não tardou muito, começou a dizer que estava sendo roubado. Nas compras e no caixa. Estava também preocupado com assalto. Acho que foi o Eurico que disse pra ele botar umas câmeras e acompanhar tudo pela internet, de casa. Dito e feito, o Batata pôs sete câmeras no pequeno Café Bali. Uma na boca do caixa. Duas no salão, duas no balcão e duas do lado de fora. Foi um exagero, mas sossegou.

Um dia, estávamos tomando nosso café quando o PK disse que leu, não sei onde, um aforismo *inuit*, esquimó. Do mundo do gelo, todo branco. *Não adianta cautela, quem vai te pegar é o urso que você não vê*, disse ele mastigando fumaça em meio à bigodeira amarela.

Pombas! Soltar uma dessas logo depois do Batata ter posto sete câmeras no Bali? Aquilo inundou de fantasmas a cabeça do Batata. Eu vi no olho dele. Pior, vi prazer no olho do PK. Que canalha!

Esperei o pessoal sair e chamei o Batata de lado. Com imensa paciência e serenidade, expliquei pra ele que um PK não sossega enquanto não levar um Batata girando ralo abaixo. Mas ele, uma mente simples, estava cego, claro. Parei por ali.

Até pensei em levar o PK pra polícia. Mas, dizer o quê? Que ele era um perverso, que há anos vem lentamente estrangulando o Batata? Que ele era um psicopata sem estilete? Não fiz nada porque não ia dar em nada. Mas não desisti nem esmoreci. Segui minha rotina no Bali.

Só eu sei que o PK não me vê. Ele que se cuide.

Vuturuna

No dia seis de novembro de 1644 nascia, às margens do Pyrajussara, na Villa de S. Paulo, o menino Belchior de Pontes. Foi criado com o temor santo de Deus, mas também com a cordial devoção a Nossa Senhora. Os pais, observando a natureza de seu espírito, o encaminharam para a Companhia de Jesus. Lá teve toda sua formação espiritual e com eles levou a palavra de Jesus pelos sertões. Mas não só isso.

Foi adorado. Não só por suas palavras, mas porque atendia prontamente, em confissão, os moribundos. Livrava os aflitos do lago do Inferno, do reino do Belzebu. Percebia que dele precisavam e acudia sempre em tempo. Em qualquer parte. Para ele não havia distância nem tempo.

Certa feita, caminhava o Padre Belchior acompanhado de *huns Indios para o Collegio de S.Paulo, e chegando a hum Capaõ, ou pequeno bosque, que fica junto ao rio dos Pinheyros, em hum lugar, em que teve Sitio Bartholomeu Paes, se apeou do cavallo, dizendo aos Indios que esperassem alli, porque hia a huma necessidade. Dada esta ordem, entrou no Capaõ.*

Supuseram os guaycurús que se tratava de necessidade própria, mas vendo que o Padre demorava foram atrás dele e nada encontraram. Seguiram seu caminho e, como chegaram sem o padre, naturalmente a eles perguntaram o que passara. Os índios contaram.

Não tardou muito e o Padre Belchior chegou com seu cajado. *O Padre Reytor, reparando em o ver a pé, e sem os companheiros, lhe perguntára daquelle excesso, e que elle sincéramente respondera que tinha ido ao Certão do Cuyabá a confessar o Padre Joseph Pompeyo, o qual, desamparado dos seus em huma Ilha, acabava a vida sem Confissaõ.*

Passou o tempo e chegaram notícias. O padre Pompeyo, de fato, morrera.

Meses mais tarde, alguns homens, em suas andanças pelo sertão, *chegaram a uma ilha e viraõ junto a huma arvore hum breviario sobre um altar feito de varas, e junto ao altar huma sepultura pouco funda, mas bem povoada de ossos, que pela dispoziçaõ entenderaõ serem reliquias de corpo humano.* Viram também que no tronco da árvore estava escrito: *Aqui jaz enterrado o Padre Joseph Pompeyo confessado pelo Padre Belchior de Pontes.* Estava entalhada no tronco aquela mesma data em que o Padre Belchior se ausentara de S. Paulo.

O PAI DE MAX BAUER

O Padre Belchior percorreu centenas de léguas, em poucos instantes, para salvar uma alma no Sertão de Cuiabá.

A esse impressionante milagre seguiram-se outros e assim viveu o Padre Belchior. Pelas freguesias de Baruery, Sant'Anna do Parnahyba, Araçaryguama e Pyrapora do Bom Jesus. Pelas picadas que passavam ao pé do Vuturuna, sobranceira montanha que domina a região. Ainda hoje, por lá dizem que o Padre Belchior atende pedidos. Faz milagres.

Há muitos anos que soube disso tudo, na casa de meu tio. Foi debate religioso com documentos históricos e acalorada discussão. Ele achava o padre um calhorda, desavergonhado. *Imagine o desespero de um moribundo no sertão, a momentos da chama eterna! Imagine, fazer crer às pessoas que por falta de uma confissão arderão eternamente no inferno!* E assim ele seguiu, irado. Falando do *pilantraço, que com uma mão semeava o terror dos infernos e com a outra colhia a adoração. Acolhido e promovido pela poderosíssima Companhia de Jesus que produzira, ela própria, estes documentos que o exaltavam! Que o elevavam!* Me lembro do rosto do meu tio. Irado, irrigado, vermelhão.

Ao tempo em que expressou seu juízo era jovem, meu tio. Pujante, destemido e resoluto. Mas, o tempo passou. Hoje ele está um caco. Uma ruína do que foi. Preocupado com as consequências de sua grave heresia, montou casa no sopé do Vuturuna. Diz que na hora H pode sentir a necessidade de uma confissão final ao próprio injuriado. Assegurando assim uma remissão inequívoca que o livre do suplício eterno.

Sabendo disso, eu, bem mais moço, que à época acolhi aquelas barbaridades, ando assustado. Inquieto e preocupado. Penso até mesmo em comprar meu terreninho ao pé daquele morro. Vai saber.

(Os trechos em itálico fazem parte do livro A Vida do Venerável Padre Belchior Pontes, *do Padre Manoel da Fonseca, Companhia de Jesus da Província de São Paulo, 1752.)*

Uma Bobagem

Há já uns anos, colaboro com o Lar de Crianças Antonieta Fragoso, em Santana do Parnaíba. É uma história antiga e tem lá suas razões.

Neste último ano, estávamos ampliando o Lar com um galpão para a criançada brincar em dia de chuva. Dinheiro suado. No meio de dezembro, um fiscal começou a rondar a obra. Deu umas voltas, veio com uma conversa mole e, por fim, deu o bote. Brecou a obra, o crápula. Não teve jeito. Conversa vai, conversa vem, tivemos de molhar a mão do velhaco. Fui eu mesmo quem entregou a grana pro sem-vergonha, na tarde do 24. O cachorro ainda teve o desplante de dizer: *Deus lhe pague*. Ah, o canalha!

Terminei aquilo e saí correndo, para pegar um táxi, estava sem carro. Subi no banco de trás e pedi que me levasse a São Paulo, em Pinheiros. Perguntei quanto sairia a corrida. Ele falou em 120 reais. Espantei. Ele disse que confirmaria com a central. No rádio, disse: QAP *Carlos, P-K-doze-ponto-zero*. Pelo rádio, veio um: QSL, *prossiga*. Ele disse: *Passageiro solicita preço viagem São Paulo, Pinheiros*. Pelo rádio, veio: *Cento e vinte reais*. Eu não entendo do assunto, mas aquele *doze-ponto-zero* foi muito parecido com cento e vinte. Ou teria sido uma coincidência? Deixei de lado. Distraí.

Passado um tempo, olhei para o taxímetro para ver a quantas andava aquela viagem. Estava desligado! *O senhor se esqueceu de ligar o taxímetro*, reclamei. Ele rosnou que o preço havia sido tratado. Grunhi: *Não é verdade*. Ele ficou quieto e, como estava escuro, o silêncio pesou mais ainda. De minha parte, resolvi que não seria mais mordido aquele dia.

Pensei em fazer um BO, na delegacia. Pela certa, o desgraçado convocaria a central para confirmar a sua versão. Eu estaria perdido. Gastaria horas, levaria uma dura e, provavelmente, algumas porradas. Eu não queria levar porradas.

Pensei em descer ali mesmo. Umas quarenta pratas, ouviria uns desaforos e pronto. Mas, eu não queria ouvir desaforos. Ademais, seria assaltado. Provavelmente morto. Alguma dúvida? Considerei outras possibilidades no âmbito da razão. Todas me seriam igualmente danosas. Descartei o uso da força. Dei um tempo.

Então, olhando a nuca daquele verme, deixei-me levar pelos sentimentos. Desloquei-me no banco e fiquei bem atrás do banco dele. Junto ao ouvido do réptil, eu disse baixinho: *Não sou palhaço, estou armado e você está frito.* Com essas escassas palavras, o jogo mudou completamente. E assim fomos imersos em espesso silêncio, pela sinuosa Estrada dos Romeiros.

Supus, corretamente, que ele gastaria os minutos seguintes definindo suas prioridades na vida. Dito e feito, ele logo disse: *Não vamos estragar a noite de Natal por uma bobagem.* Esclarecendo ainda mais nossa nova relação, eu disse: *Já é tarde.* Pode até parecer cruel, mas, ali, eu não podia perder o comando.

Por fim, chegamos a São Paulo e logo à Diogo Veloso. Eu disse: *Para ao lado do Celta verde, desliga o motor, deixa a chave cair, põe as mãos no painel e encosta a testa na direção.* Ele fez tudo direitinho e gemeu: *Pelo amor de Deus, não atire.* Porque segui calado, ele contraiu ainda mais a lombar. Aguardava chumbo. Tremia, o pilantra.

Atrás de nós, enfiaram a mão na buzina. Desci do carro, virei a esquina e entrei em casa, atrasado para a festa de Natal. Crianças, conversas, abraços, bebidas e presentes. Não falei nada pra ninguém. Mais tarde, dormi bem.

Vai ver que é assim mesmo que as coisas funcionam. Não sei.

CANTILENA

Desde muito jovens eles se ajeitaram como se ajeitam alguns casais. Ele *yin*, passivo, delicado, magro, noturno, escuro e mais frio. Ela *yang*, mais dura, diurna, luminosa e quente. Ele foi para medicina, endocrinologia, encantado com a ideia de lidar com hormônios, com a possibilidade de atuar sobre células e, através de seus receptores hormonais, controlar o corpo. Ela para a psicologia, fascinada com a ideia de conduzir mentes.

Tocaram o barco. No princípio, como tantos, imersos no amor e encharcados de sonhos. Com seus confortos e suas certezas, foram tecendo suas vidas. Mas os tecidos com o tempo podem esgarçar. Sobretudo quando lá, mais tarde, se olha para dentro de si.

O que havia ele feito de seus sonhos de endocrinologista? Nada. Cruamente, falara com gordos. Bem verdade que com gordos variados, mas, essencialmente, falara com gordos. Uns ansiosos, outros genéticos, os compulsivos e a grande manada dos gordos gulosos. Não obstante a variedade, sempre usava a mesma ladainha de metabolismos, biotipos e dietas. Seguia então pelo lengalenga das calorias, carboidratos, lipídios e proteínas. A única coisa que deveria ter dito para todos era: *Fecha a boca, pombas!* Ele não usaria outra palavra mais áspera.

E foi assim que sonhou um brevíssimo sermão, espelho de sua frustração: *Fecha a boca, pombas! É só pensar em cachorro, se não der comida emagrece, pronto! Fecha a boca, pombas! Mande um bolachudo-índio-mexicano-gordo-genético pra Somália e veja se não vira um palito. Fecha a boca, pombas!* Esse discurso plasmou sua mente.

Certo dia, um gordo lhe perguntou: *Quantas calorias tem uma caixa de Bis?* Foi a conta, a faísca pro descarrego. *Não come Bis, pombas! Fecha a boca, cacete!* E por aí foi, soltando os cachorros no atônito gordalhaço que, desarvorado, sumiu. Sumiu, mas voltou meses depois. Feliz da vida porque fechou a boca e perdeu doze quilos. Um sucesso. Foi assim que nasceu a sua indignação terapêutica, sintagma que deu nobreza à sua chã intolerância com os rechonchudos. Quanto mais exaltado ele ficava, mais o respeitavam. Às vezes, ele até exagerava. *É melhor comer peixe de águas quentes ou águas frias?*, perguntava um desavisado obeso. *Não come o peixe, cacete!*, trovejava o doutor. Enfim, nexo em sua vida.

Que guinada! Confiança, sucesso e dinheiro, juntos. Melhor ainda, consultas curtíssimas e nada de explicação.

Tudo isso, claro, transbordava em sua casa. Ele, até então um insosso, deu pra falar alto, dar palpite nas coisas, regurgitar sucesso e gastar dinheiro. Tudo isso ali, ao lado dela, que seguia conduzindo suas terapias de casal. Como se não bastasse o amargo do contraste, ele ainda buzinava na orelha dela que os clientes dela *pagavam a limpeza de consciência, como quem paga limpeza de pele. Querem absolvição e compressa morna, nada mais. É preciso criar, mudar, chutar o balde.*

Como podia ela aguentar tanto sucesso assim tão perto? Não podia. Ruminou o assunto por meses e chegou à conclusão de que não aguentava mais o marido, a profissão e a sogra. Nessa ordem. No impulso ainda sentenciou a empregada, que a dominava há anos.

Quando ele viajou, ela chutou o balde. Noutra ordem. Despediu a empregada e arrasou com a sogra, na varanda da qual ainda deixou três malas e sete caixotes com a tralha dele. Falou com um sinistro advogado. Trocou o telefone e o celular. Chamou o chaveiro e trocou as chaves da porta e do portão. Tudo isso em três dias.

Dias depois explicou tudo para os filhos, já maduros, e arrematou dizendo: *Assim é que se resolvem estas coisas, não é com essas terapiazinhas de merda.* O mais velho pediu compostura, paciência e muita serenidade. Já o mais novo consi-

derou que esta era a quinta vez que isso tudo acontecia e perguntou que cara tinha feito o chaveiro. Ela sempre achou esse
caçula muito insolente. Desde pequeno.

DE TEMPOS EM TEMPOS

Levantei muito cedo. Para sair da cama mesmo. Tomei um banho, aparei a barba e me vesti. Agasalhado. Já estávamos no meio do outono.

Na cozinha, meu cachorro esperava. Não sei se por mim ou pelas fatias de queijo que ganha todas as manhãs. Preparei um pão na chapa, passei um café bem forte e comi, com ele ali do lado. Dei um jeito na louça e fui para a varanda esperar. Não havia mais o que fazer. Haver havia, mas nada da mesma importância.

Fiquei deitado na rede, de olho na estrada bem ao longe. Pela poeira, eu veria qualquer movimentação. Os flamboyants floridos alaranjados balançavam com a brisa, e meu cachorro cochilava no capacho à beira da escada. Não sei se ele adivinha as coisas, nem que coisas, o fato é que, de vez em quando, ele se levantava, andava até a rede e olhava para mim. Não dizia nada, claro, mas pensava, suponho. Eu dava um agrado no cangote dele e ele voltava para o capacho. Foram bem umas três vezes.

Talvez em devaneio ou cochilo, me ausentei um pouco. Minutos. Pensei em ler alguma coisa, mas não estava para isso. Segui de olho no horizonte, nada de poeira, nada de barulho, só a copa dos flamboyants ondulando.

Fiquei ali a manhã inteira e nada. Meu cachorro foi dar uma volta e eu fui tomar outro café, para acordar um pouco. Belisquei meu queijo, acertei a ração do cachorro e completei a água. Liguei para a minha irmã. Voltei para a varanda, fiquei ali encostado na murada e, depois, fui sentar um pouco na escada. Fiquei lá um tempo e, por fim, voltei para a rede mesmo.

Continuei de olho na estrada e cochilei. Não sei por quanto tempo. Meu cachorro percebeu que eu havia despertado e veio, outra vez, olhar para mim. Eu não tinha o que dizer e cocei a barriga dele. Ele entendeu.

Levantei, me alonguei um pouco e liguei para os meus amigos. Desci até a porteira – um pequeno exercício – e voltei para a rede. Meu cachorro desceu a escada. Não escutei onde ele foi, deu uma sumida.

Quando começou a escurecer, a pernilongada caiu matando e eu acendi uma espiral, tomei outro café e voltei para varanda. Meu cachorro estava lá, enrodilhado no capacho.

Dei uma cutucada nele, fui vestir uma malha mais grossa e voltei para a rede.

A noite já ia alta quando percebi uma luminosidade ao longe, no horizonte. Aquilo me inquietou. Levantei. Era farol de carro mesmo. Sumia e aparecia, vi que descia a serrinha. Meu cachorro percebeu a movimentação e olhou para mim. Já ouvíamos o barulho do motor. Eu disse o nome dela três vezes, ele se agitou muito. Latiu, latiu e disparou escada abaixo. Ficou lá latindo e pulando, louco, até que eu abri o portão.

Ela chegou alegre e agradou o bicho. Perguntou dele e de mim. Eu disse que estávamos muito bem. Havíamos sentido a falta dela. Ela sorriu e me agradou.

Ajudei a carregar as compras para a cozinha. Ela foi logo pondo água para ferver, fatiando umas azeitonas pretas e falando da estrada. Um perigo. Pediu que eu lavasse os tomates e o manjericão. Fui percebendo o carinho naqueles ingredientes e preparei umas torradas com manteiga e orégano. Abrimos o vinho. Ela estava alegre, feliz por estarmos ali desfrutando aqueles momentos. Eu também estava feliz, mas em disfarçada melancolia. Jantamos e depois fomos para a rede. Com a luz apagada, vimos estrelas e conversamos. Cansada, ela dormiu.

Eu não disse nada para ela. Que estive muito preocupado com a possibilidade de interferências do acaso no meu fado, nos meus desígnios, no meu destino. Não no meu próprio, diretamente. Mas no daqueles poucos aos quais minha vida está agarrada. Aos quais estou umbilicalmente ligado. Dos quais afetivamente não posso prescindir. Inclusive meu cachorro. Na época, não atinei bem. Achei que aquilo tinha sido uma febre passageira. Mas, me enganei. Tem voltado de tempos em tempos, sobretudo nos meses frios. Pelo que dizem, não há cura para isso.

Uma Boa Receita

Pequeno, guloso e curioso, perguntei a minha mãe como fazer panqueca. Ela me disse para misturar bem uma xícara de leite com dois ovos e mais uma xícara de farinha de trigo. Uma pitada de sal, duas colheres de manteiga e pronto. Derreta um pouquinho de manteiga numa frigideira quente, derrame uma concha da mistura na frigideira e espalhe sobre a superfície quente. Um pouco de um lado e depois do outro. Eis a panqueca.

Anos mais tarde, ouvi meu pai perguntar a um guarda de estacionamento onde havia vaga. Ele disse para meu pai ir devagar pelos corredores até encontrar um lugar vazio, ali é a vaga. Uma resposta universal para vagas em qualquer estacionamento do mundo! Gostei muito.

Assim, há tempos, convivo com receitas e algoritmos. Existem sequências de operações que, quando executadas da mesma maneira, nas mesmas circunstâncias, levam sempre a um certo resultado esperado.

Vivi com isso por muito tempo até que reencontrei um velho amigo uruguaio. Maduro e bem rodado, meio cansado de certas coisas da vida. Em meio à conversa que mergulhou noite adentro, ele me perguntou se eu queria uma boa receita. Eu disse *sim, claro, do quê?*

Como, do quê? É uma boa receita. Mania infernal esta, de que tudo tem que ter um propósito, tem que ser pra alguma coisa, disse ele. *Existem boas receitas. Simplesmente boas. Às vezes resultam numa coisa, às vezes noutras. Se quiser uma boa, anote aí.*

Eu anotei.

Primeiro, com antecedência de meia hora, corte umas rodelas de laranja, bem finas, e as deixe imersas no Grand Marnier ou lambuzadas com um pouco de mel. Corte pedaços finos de maçã verde, ou de pêssego, e algumas rodelas finas de uva branca sem caroço, mas podem ser pedaços finos de pera. Quem sabe umas amoras também? Em uma jarra grande misture as lascas de frutas com uma garrafa de Chardonnay gelado ou outro branco seco qualquer. Adicione alguns cubos de gelo, a gosto. Complemente com meia xícara de suco de laranja ou mexerica, não importa. Deixe na geladeira por um certo tempo. Por fim, adicione uma garrafa de Prosecco gelado, ou qualquer outro espumante. Eis aí a primeira parte, o Clericot[1].

Segundo, é preciso uma tarde ensolarada de verão ou primavera, mas pode ser de outono também. É desejável, mas não indispensável, uma brisa fresca. Convém que o lugar permita uma visão de horizonte largo. Verde é melhor, mas também não é preciso. Pode ser mar. Pode até ser uma paisagem urbana ou um quintal. Até mesmo destes pequenos, com varal.

Alto lá, eu disse, está tudo muito solto, muito aberto. Muito incerto. Me incomoda. Já me volta ao peito a juvenil e sombria sensação de que comigo as coisas não vão dar certo.

Fique frio, disse ele. Lembre-se que não há o que esperar. Ademais, não é tudo solto assim não. Anote aí. Até o fim.

Eu anotei.

Terceiro, em seu aparelho de som, pode ser destes simples mesmo, ponha *On the Sunny Side of the Street*, com Willie Nelson. Ou *Slow Boat to China*, com Louis Armstrong. Ou mesmo *Let's Misbehave*, com Elvis Costello. Na verdade, pode ser qualquer música. É a gosto da pessoa. Melhor que seja baixo, mas pode ser alto também. Veja lá.

---

1. Os ingleses, em meados do século XIX, no Punjab, na Índia, inventaram o Claret Cup. Este refrescante drinque era preparado com um gelado Claret (vinho de Bordeaux, França) com frutas e outros ingredientes. Esta bebida foi mais tarde levada para o Uruguai onde sofreu transformações, até no nome. Virou Clericot, pronunciado clericô.

Quarto, tenha a seu lado uma mulher interessante. Nada de muito mais, mas absolutamente nada de menos.

Ele encerrou tudo com um *você vai gostar.*

Não me lembro como se perdeu o assunto naquela noite, mas as anotações estão aqui. Talvez ele não tenha falado em sorte porque a tem. Não sei, preciso pensar um pouco no assunto.

GESTOS

Me atrasei muito, passei pra pegá-la e fomos direto pra festa. Não daria tempo de passar na igreja, nem para os cumprimentos. Eu sabia que seria uma festa especial, era o estilo deles. O convite anunciava três atrações principais. *House music*, que é um inferno; o DJ Thunder Bill, que para mim soou como uma ameaça; e *flair bartending*, que eu não sabia o que era.

Escolhemos um lugar bem longe das caixas de som. Do outro lado do salão se podia ver que o serviço de bar estava apenas começando. Busquei um duplo nas pedras pra mim e uma *marguerita* pra ela. Ficamos ali esperando as coisas acontecerem.

As pessoas começaram a chegar, a música entrou forte e logo entendi o tal *flair bartending*. Rapazes adestrados, vestidos de negro, faziam malabarismos com gelo, frutas e garrafas: preparavam os drinques. Perguntei se ela queria dar uma chegada no bar. Ela apenas meneou a cabeça. Fui sozinho.

Havia muita gente em frente ao bar. Não havia uma fila definida, pensei até em voltar. Mas, as garrafas subiam. Subiam também morangos, gelos e copos. Tudo em meio às luzes coloridas. Um ambiente encantado. Eu comecei a gostar de tudo aquilo.

De repente, para minha surpresa, taparam meus olhos, pelas costas: *adivinhe quem é?* gritou a voz de mulher em meio à música infernal. Eu disse *Diana Krall*, imagine. Ela me soltou, me virei e, para minha grande surpresa, vi o lindo rosto da Cris, amicíssima de minha irmã caçula. Eu não a via há muitos anos.

Foi pergunta pra todo lado. Sempre junto ao ouvido, o som estava muito alto. Divertida a Cris. Sempre foi. Eu matei o meu duplo e pedi outro. Ela renovou sua *caipiroska* de lima. As garrafas continuaram voando, gelos tilintando e as frutas colorindo. Uma beleza. E aí foi ainda mais pergunta e muita lembrança. Quando a Cris pediu mais uma de lima, me dei conta que precisava voltar. Olhei pro outro lado do salão: ela estava de pé me olhando fixamente, de braços cruzados.

Bati em meu coração e fiz com a mão que a Cris era minha amiga desde pequena. Ela, lá de longe, fez um lento não. Eu, com as duas mãos à frente espalmadas para baixo, pedi calma. Ela, de lá, balançou a cabeça, fez um *você não perde por esperar.*

Eu não podia deixar a Cris ali. Pedi calma com a mão e mais um uísque no balcão. Mas essas coisas demoram, me distraí e o tempo passou. De repente apagaram a luz e, à nossa frente, um dos rapazes fez um inesperado número de engolir fogo. A tremenda labareda assustou a Cris que se acolheu em meu peito.

Quando acendeu a luz, ela estava ali encostada. Pressenti encrenca brava, olhei pro outro lado do salão e disse com o ombro *o que eu posso fazer?* Ela passou a mão horizontal na própria garganta, claramente sinalizando que iria cortar a minha. Livrei um braço e pedi calma, com a mão espalmada para baixo. Ela, decidida, sinalizou uma tesoura em altura genital.

Assustei e pedi licença à Cris, que esperava uma outra de lima. Mas, ao começar meu movimento de volta, vi lá do outro lado do salão um movimento de punho cerrado à altura do queixo. Parei.

Decidi não olhar mais pra lá. A conversa então foi longe, a Cris me divertia. Quando voltei a olhar pro outro lado do salão, ela não estava mais lá. Não vi quando saiu e nunca mais ouvi falar dela.

Ameaça é mesmo coisa séria e não deixa muitas alternativas. Ou bem se aceita a ameaça, e aí não tem mais jeito. Ou se ignora a ameaça, que é o civilizado e foi o que fiz. Há também a possibilidade de se eliminar quem ameaça. Mas isso dá muito trabalho e, em geral, deixa rastro.

A Cris concorda comigo, mas até hoje fica meio tensa com o assunto.

Uma Pedra

Eu desci em Genebra na manhã do dia 12 de julho de 2006. Na maleta de mão, as cinzas de um amigo. Eu tinha documentação de tudo, estava tranquilo. Meu trem para Aubonne sairia no dia seguinte às 9h20. Eu tinha bastante tempo. Fui para o hotel, tomei um banho e saí. Fui caminhar.

Passei por St. Gervais e suas joalherias. Andei pelo Jardin Anglais e pela Vieille Ville. Por fim, fui almoçar à beira do lago. Refeição levíssima com um Chardonnay, perfeito, no balde. Raramente fumo, mas arrematei tudo com um Davidoff e pensamentos. O vinho e as circunstâncias, outra vez, me conduziam. Desta vez ao Cimetière des Rois onde está Borges. Ou melhor, os restos materiais do que foi Borges. No dia seguinte peguei o trem para Aubonne.

Fui recebido na estação por M. Bouchard. Estava tudo já acertado. Na verdade eu nem precisaria ter ido lá. Apenas entregaria as cinzas, liquidaria tudo num instante e esperaria pelo trem de volta. Mas não foi assim. M. Bouchard me apresentou as instalações, os equipamentos, os urnários e ainda explicou o processo.

As cinzas do Samuel seriam inicialmente submetidas a um processo químico para separar o carbono das outras substâncias. Esse carbono, então purificado, seria submetido a altas pressões e temperaturas, e, assim, transformado em diamante. Processo russo, haviam comprado a patente. Depois, seria lapidado, resultando num brilhante, arredondado e levemente azulado. Eu já sabia de tudo, mas gostei. Achei a fala respeitosa. Assinei todos os papéis e voltei pra Genebra. No dia seguinte voei pro Brasil. Cheguei moído.

Passados dois meses, me chega a encomenda no escritório. Frete e impostos já pagos, o Samuca sempre foi organizado. Assinei tudo, o rapaz saiu e abri a caixa. Lá estava o brilhante, o meu amigo. Por bem uma hora, fiquei olhando aquela pedra, na verdade pensando aquela pedra. Nada de mais, considerei a princípio. Átomos de carbono reorganizados em altas pressões e temperaturas. Não há mais o amigo, ele era a organização anterior desta mesma matéria. Samuca era o nome que se dava à organização anterior dessa matéria. O problema era ser a mesma matéria, ali havia Samuca. Aquilo me incomodava. Afastei a questão trancando a pedra na minha gaveta, o que foi mais estranho ainda. Samuel era filho único de pais romenos, família única, não tinha parentes, nem mulher nem filhos. Eu era a família dele e fiquei com ele. Ou melhor, ele ficou pra mim.

Ele ficou ali trancado por uns seis meses, em que eu procurava ignorá-lo. Achei que não ia dar certo na minha casa também. Podia levar pra lá, mas lá não tinha cofre, nem gaveta com chave. Se sumisse eu ia ficar com uma culpa do cão. O melhor seria um cofre de banco e foi assim que o Samuca passou dois anos no cofre do Citibank. E eu pagando. Um dia achei tudo aquilo uma palhaçada e levei o brilhante pra casa.

Ninguém sabia dele. A questão era só minha, eu tinha que resolver. E resolvi. Doravante aquilo pra mim seria apenas uma pedra. Pronto. Que custou muito dinheiro, mas uma pedra. Nada mais que uma pedra.

Não passou uma semana e me peguei pensando nas joalherias de St. Gervais e em Giovanna, que estava comigo há uns três anos. Não demorou muito, bati o martelo. Um *pendant* de aniversário e não se fala mais nisso. Mandei fazer. Levemente azulado, refletiria seus olhos. Valorizaria seu colo.

Dei o presente e foi um sucesso. Ficou linda mesmo. A pedra derramou tons de azul sobre todo aquele busto de bronze. Um monumento iluminado. Eu fiquei encantado.

Mas durou pouco. O Samuca bem ali, encostado na pele dela, mexeu comigo. Não deu pra engolir. Não mesmo. Pegou forte. Decerto o desgraçado já pensava nisso.

O Pai de Max Bauer

Max Bauer nasceu em Blumenau. Menino ainda, com o pai aprendeu a tocar sanfona de oito baixos, a gaita ponto sulina. Aos quinze anos, ganhou uma Todeschini. Acompanhou o pai pelos bailes de fandango no Vale do Itajaí. Segurava valsa, mazurca, rancheira e chamamé. Ia na garupa da velha Norton Dominator 500 cc, com uma sanfona de cada lado. Anos felizes aqueles. Mas, sem que se apercebesse, o tempo o afastou da garupa e da sanfona.

Formado, foi para São Paulo, abaixou o chifre e investiu contra a vida. Sem pensar muito nas coisas, deu um duro danado. Aos 38 anos, ganhava dinheiro, mas não chegava a ser um sucesso. Também não era um fracasso. Longe disso. Apenas batera na trave, o que no futebol é muito claro.

Em momento de verdade, concluiu que o que buscava não era dinheiro. Ficou preocupado. Muito assustado, a ponto de só pensar nisso. Sentiu medo e ansiedade. Emoções estranhas ao seu peito. Desestruturou. Ruiu. Foi para a lona, onde ficou por meses. Perdeu o emprego e afundou mais ainda. Foram só dor e despesas.

Num pulso de energia, vendeu o que tinha e, com a velha Norton Dominator 500 cc que herdara do pai, foi para o Sul. *Uma viagem de encontro*, pensou. Como a afirmar que o problema não estava dentro de si. Na garupa, a Todeschini. Ainda tinha algum dinheiro no banco.

Na Feira de Passo Fundo, conheceu um casal que fazia o Globo da Morte. Não demorou muito, experimentou rodar sozinho no globo. Gostou. Logo mais, rodavam Eugenio, Michaela e ele. E rodaram juntos por todo o Sul.

Na Feira Internacional de Esteio, um empresário americano veio falar com eles. Três dias de conversa séria, Max entendia de negócios. Formariam uma trupe para um Golden Globe of Death. Lançamento das motos Golden Raptor no mercado americano. Tudo acertado, só faltava outra loira para a trupe.

Treinaram a vistosa irmã da Michaela, que morava em Pomerode. Deixou a Norton e a Todeschini na casa da irmã. Em dois meses, partiram.

O globo estava lá. Pronto, esperando. Gigante dourado, com seus sete metros de raio. Lindo. Tudo acertado, rodaram *shows*, feiras, rodeios. Começaram em Orlando, no inverno.

Terminaram em Seattle, no fim do verão. Os Bauer Brothers. Todos loiros e contratualmente siliconados. As duas irmãs com 300 cc no peito e eles com enchimentos nos quadríceps, glúteos e bíceps. Todos com roupa dourada. Dentes porcelanizados. Sorriam permanentemente. Tudo no contrato.

Uma maravilha dessas logo os levou para uma longa temporada em Las Vegas. *Shows* diários no MGM Grand. Ao fim do *show*, recebiam os aplausos sob *spots* fortíssimos. As mulheres com os peitos de fora. Eles em suas calças justas e minirregatas douradas. A plateia uivava, coisa de americano.

Foram cinco entradas por dia, por cinco anos. Ganharam muito dinheiro. Mas, isso não satisfez Max. Não era o que Max queria. Largou sua loira Pomerode 300 cc. Largou a trupe. Largou tudo e voltou. Isso foi em 1998.

Andou por toda parte e, por fim, montou uma pousada em Visconde de Mauá. Dois anos depois, incorporou uma hóspede. Bonita, ajeitada e inteligente. Hoje em dia, ela cuida da horta e dos serviços. Ele cuida do dinheiro, serve uns drinques e conta essas histórias. Diz que mudou. Que agora assentou.

De uns meses para cá, ele deu para tocar a Todeschini com um violinista cubano que mora por lá. Comprou uma Harley Heritage 900 cc e uns mapas.

A mulher está de orelha em pé. Madura, sabe que homem assim não muda. Pode até descansar, mas mudar não muda.

Os Dois Segredos

As famílias costumam guardar segredos entre os mais velhos. Pode ser a inesperada riqueza de um primo, o sumiço de um tio ou o porquê de um pai silencioso. Às vezes, não se conta todo o segredo. Às vezes, os segredos se perdem. Outras vezes, não. Há os segredos leves. Mas há também os pesados. Graves.

Passei minha infância numa divertida rua de terra. As casas tinham muitas crianças e, porque sem saída, a rua era nossa. As meninas brincavam na calçada. Os meninos jogavam bola até o escurecer.

Certo dia, um menino mudou para nossa rua. Branquelo do cabelo ruivo. Mal falava português. Assim conhecemos um judeu, ninguém sabia o que era um judeu. O menino foi se aproximando aos poucos. Era sorridente. Meio tímido, claro, mas se deu bem. Entrou para a turma em pouco tempo.

Descobrimos, com ele, os horrores de um campo de concentração. Não sabíamos o que era isso. Soubemos que a mãe dele escapara de um. Era uma mulher alta e bonita, com peitos grandes. Trabalhava fora. Quem cuidava da casa era uma empregada. Não havia pai naquela casa.

Víamos com assombro o número tatuado em seu braço, A20123. Ela escapou porque falava várias línguas. Trabalhara no escritório do campo de concentração, disse o menino. Por meses, cavou com gilete um buraco no piso, abaixo do tapete. No momento certo, se escondeu no buraco. Foram dias até a chegada dos americanos. Que história! A meninada ficou assombrada.

Outra notável descoberta foi a circuncisão. Ficamos aterrados. Meu irmão mais velho, na hora, pregou um apelido no menino: manga curta. Manga. Ele subiu de *status*. Com essa, ficaram amigos.

E o tempo, claro, passou. E eles seguiram amigos, bem próximos. Muitos, muitos anos depois, meu irmão se foi. O Manga se aproximou mais de nossa família, mais ainda de mim. Quando tinha seus cinquenta e oito anos, me chamou. Disse que estava mal, não ia durar muito. Explicou tudo, a coisa era séria. Fiquei arrasado.

Muito tenso, ele disse que me passaria um segredo de família. A ser levado para seu filho, depois que ele e a mulher tivessem ido. Leu o pequeno papel antes de me entregar: *Que-*

O PAI DE MAX BAUER

rido filho, serei breve. Sua avó nunca foi intérprete. Ela atendia a casa de Arthur Liebehenschel, o segundo comandante de Auschwitz. Ele a tirou do execrável Bloco 24. Você lerá sobre esse bloco e vai entendê-la. Liebehenschel é meu pai. Fui registrado no Rio em 1948, mas nasci em Peenenmunde em 1945. Uma filha de Liebehenschel, essa sim legítima, Barbara Cherish, foi adotada por americanos. Recentemente revelou seu segredo em livro. Leia o livro, mas não a procure. Em hipótese alguma. Soube de tudo depois de casado, mas não contei para sua mãe, ela não resistiria. Como dizer a ela que seu ventre foi fecundado por um filho de Arthur Liebehenschel? Ainda mais ela, criada em Haifa, educada na Hebron. Eu jamais me perdoaria. Seja feliz.

Como "seja feliz?" Fiquei quieto. Absorvi o tranco, bruto danado. Calado. Abraçamo-nos. Não havia o que dizer.

Passou um tempo e ele se foi. Mais um tempo e foi a vez dela. Deixei as coisas esfriarem, criei coragem e liguei pro filho do Manga. Disse que passaria por Barretos, iria visitá-lo. Eu queria resolver logo essa parada. Levei o pequeno papel no bolso.

Cheguei lá depois do almoço. A casa era bem arrumadinha, dessas de interior com varanda de piso vermelho. Ele ali, com as crianças, meio sem graça com minha visita. Falou de sua vida de veterinário e os planos para o futuro. Ela falou das crianças, da escola e do cachorro. Eu falei umas bobagens, me preparando para a dura conversa. Mas, vendo aqueles quatro ali, começando, fui me ausentando. Calando-me, até que, absorto, me calei. Imagino que longamente. Ele me perguntou se eu estava bem. Eu disse que sim, muito bem, mas precisava partir. Foi tudo meio sem jeito.

Ele me acompanhou até o portão e me despedi: *Seja feliz!*

Meus Quatro Amigos

Esses almoços eram sempre alegres. Sempre no quintal do Belotta, em que havia um puxado com uma grande mesa, um fogão e uma grelha. Há quinze anos cozinhávamos juntos, cada qual a sua maneira. O Belotta, sempre cuidadoso, nunca pedia nada. Quando insistíamos, ele dava uns sinais. Entendíamos sempre. Aquela vez, ele pediu que eu levasse uma tábua de cozinha. Não entendi, ele tinha uma tábua de cozinha, muito boa.

Quando cheguei, já cozinhavam e bebiam. Serviram-me o tinto e explicaram o que faríamos. Gostei da ideia. Ficou claro por que todos haviam trazido suas tábuas. Perguntei o nome do prato e o Belotta disse que não tinha nome. Chamaria de "Homenagem a Baldazzi". Achei bonito. O Baldazzi foi muito querido.

O molho de tomate rasteiro, comandado pelo próprio Belotta, já estava engrossando. Ele guardara uns pedaços de tomate, sem pele e sem semente, para imersão na última hora. O braseiro estava sob os cuidados do Padula, que cortava a linguiça toscana que comprara na Cantareira. Meio desajeitado, a ele sempre cabiam coisas simples. Já ao Forlani, cabiam as complexas. Compenetrado, ele preparava a polenta num panelão de ferro que sempre estava por lá. A polenta era inteiramente fundamentada num caldo feito por ele próprio, na véspera. Caberia a mim cortar as cebolas em conchas, dourá-las na manteiga e, então, montar um letto di cipolle em cada uma das tábuas de cozinha. O Belotta me pediu ainda que tirasse as sementes de umas dedos-de-moça. Que ficassem à mão. Iriam ornar o prato e trazer alguma ardência.

Enquanto bebíamos e conversávamos, cada um foi cuidando da sua parte. A montagem, então começou comigo. Montei as bases. Um círculo de cebolas douradas em cada tábua.

O Forlani, que estava preocupado com o ponto da polenta, foi montando pequenos vulcões sobre cada *letto di cipolle*. Ficaram bonitos. Ele é um artista, sempre foi caprichoso.

O Belotta depositou seu molho de tomates nos vulcões. Detalhista, assegurou três folhas de louro em cada um.

O Padula depositou os pedaços da toscana grelhada no molho, dentro dos vulcões. Logo ralou o parmesão sobre o todo e ornou o conjunto com as minhas dedos-de-moça. Três por tábua. Mais por justiça que por detalhismo. Assim é o Padula. Porque a polenta retém calor e a madeira é isolante, o todo mantém o calor.

Assim, fomos comendo lentamente. Bebendo e conversando. Eu puxei o assunto futebol. Minguou. O Belotta então veio com a história de que cozinhar é o que nos distingue dos outros animais. O tema também foi murchando aos poucos. Emergiu, então, a ideia de que, com exceção do homem, os animais procedem como se o único propósito da vida fosse desfrutá-la. Não prosperou. O Padula, para alegrar um pouco o ambiente, veio com a história de que o homem é o único animal que fica mais interessante molhado. Sobretudo as fêmeas de camiseta branca. O Belotta até sorriu, mas eu não entrei no espírito da coisa e falei sobre o viés do observador e a importância do propósito na classificação. Enfim, fui um chato. O Forlani ainda esboçou umas considerações sobre a curiosidade do homem e assim fomos empurrando a conversa tempo afora.

Lá pelas quatro, comemos uns torrones, fomos ao café e então à grappa gelada. Havíamos superado aquela tarde. O Belotta ficou lá com a mulher dele, que havia chegado da casa da filha. Nós três voltamos para casa. Cada um para sua.

Minha mulher perguntou como fora o almoço, eu disse que não poderia ser diferente e fui descansar. Triste, muito triste. Pensando neles. Agora, só três.

CARAVAN

Pierluigi Palaviccini tinha irmãos, amigos, emprego, casa, cachorro, carro e tudo mais. Tudo certo, mas não tinha mulher, dessas que duram. Nada de errado com ele. Apenas gostava de trocar de mulher, diferentemente de outros que não gostam de trocar de mulher.

Palaviccini tinha três vertentes marcantes. A primeira era a poesia, por onde passava sua vida. Boa, apesar de sempre soprada por leve depressão, que verdadeiramente nunca o prejudicou. Era apenas uma companheira. Em ocasiões declamava para os amigos, com grande seriedade, os poemas favoritos. Às vezes, quebrava o encanto com alguma brincadeira. Como a zombar da ilusão. Era seu jeito de ser. Assim, sua preferida, de Elliot, descambava para o *nascer, copular e morrer, estes são os fatos. O que fazer?* Ele próprio respondia:

com *nascer e morrer não há o que fazer*. Eu não sei se entendia bem sua intenção.

A segunda vertente, ligada a essa particular poesia, eram as mulheres, que o encantavam. Teve muitas, nunca concomitantes, que fruiu com gosto. Percorria bem a delicada trilha. Invariavelmente, após o desenlace, decorrido o luto, lá estava de novo o Palaviccini, então amigo. Havia por lá alguma arte.

A terceira vertente era a música, com a qual mantinha uma relação não culta, de desfrute. Às vezes levemente obsessiva. Era proverbial a viagem que fez com um amigo ao Acre, para pescar. Levou só duas músicas na caminhonete, cada qual em um CD. O *Bolero*, de Ravel, e *Caravan*, de Ellington e Tizol. *Músicas para viagem*, disse ele na partida. Nem haviam chegado à divisa de Minas quando ele mesmo atirou o *Bolero* pela janela, *porque tinha clímax e viagem não é pra ter clímax. Viagem é viagem*. Na longa jornada, quando não ouviam *Caravan*, o Palaviccini assobiava *Caravan*. Coisa de louco. O amigo incorporou para sempre *Caravan*, com o trompete de Arturo Sandoval e a Boston Pops Orchestra.

E assim seguiu o Palaviccini pela vida, apoiado nas mulheres que o encantavam, na poesia e na música, que o elevavam. Seu coringa, na manga, era sempre *Caravan*, que trazia alento e vigor. Esperança nas horas difíceis. Nela encontrava a sensação da jornada segura, da companhia boa. Ele dizia que

Caravan não precisava de nome. Esse fascínio naturalmente contaminava seus amigos. Tinha energia, o Palaviccini.

Foi nessa toada até os quarenta e muitos, quando encontrou a Malu. Sossegou o facho por cinco anos. Mas não tardou muito veio a tal notícia ruim. A que todos temem. O grande coice. Valente, não fraquejou. Aceitou o destino, sem resmungo. Acertou tudo o que precisava ser acertado e fez um pedido único ao Paulão, o mais próximo. Generoso, queria poupar os amigos do que não pode ser entendido.

Paulão, trompetista, cumpriu tudo à risca. Não precisou de muito. Bastou a composição de Ellington e Tizol, a inspiração de Arturo Sandoval e a ajuda de alguns amigos. Luizão no baixo e Charles no bongô. A Malu, sem qualquer pergunta, também ajudou.

Ali no extenso gramado, com o céu azul outonal, delicadamente tocaram *Caravan* durante todo o enterro, enquanto a Malu soltava, pausadamente, balões que subiam ao céu. O primeiro preto e os outros todos brancos. Um após outro.

Assim foi o Palaviccini.

Matsuda

O Eurico caiu do trampolim há muitos anos. Desde então, tem problema de coluna. Ou faz alongamentos na lombar, adutores e posteriores ou tem de ficar estirado no chão. É um inferno. A solução para o caso dele não é cirurgia, nem magia. É alongamento. Só funciona o *thai* completo. Massagem pesada em que o massagista precisa usar seu corpo para alongar o corpo do paciente. Para fazer isso, bem mesmo, não tem outro. Só o Matsuda. O bem-estar do Eurico e a felicidade dependem integralmente do Matsuda. Mas, esse tipo dependência, às vezes, traz surpresas.

Foi o Matsuda quem ligou para o Eurico naquela noite. Foi direto ao assunto. Tivera comportamento indigno de seus ancestrais. Havia desonrado todos os que amava. O Eurico já estava sabendo das coisas e furioso, não disse nada. Impôs duro silêncio à conversa.

O Matsuda respeitoso esperou. Então prosseguiu dizendo que faria *harakiri* e o Eurico devia ser o *kaishakunin*, o assistente do ritual. Se ele, Matsuda, não suportasse mais a dor, o *kaishakunin* devia dar um golpe de misericórdia, decepando sua cabeça. O Eurico estava esperando coisa pesada do Matsuda, mas nem tanto. Achando aquilo tudo um exagero, respirou fundo e, com sórdida ironia, se ofereceu para ele próprio abrir a barriga do Matsuda. De baixo para cima. Não perderiam tempo com encenações desnecessárias. Dito isso, desligou o telefone.

O Matsuda ligou de novo e pediu muita serenidade. Insistiu que queria mesmo fazer *harakiri*. Não tinha alternativa. O Eurico sabia que aquela conversa não ia dar certo e desligou o telefone novamente.

O dia já estava clareando quando o Matsuda ligou ainda outra vez, com voz soturna. Humilíssimo, pediu para voltar ao assunto. O Eurico não aguentava mais aquela história e disse: *Marque o local, o dia e a hora*. O Matsuda agradeceu muito e disse que o chamaria na sexta-feira, com os detalhes.

O Matsuda é um tipo quadrado, baixo e forte, beirando os cinquenta. Muito sério e silencioso. Tem movimentos lentos. O avô dele chegou no Ryojun Maru, em 1910, e foi direto para Bastos. Lá, criou os filhos e teve dezesseis netos. O Matsuda aprendeu massagem e alongamentos com o avô. Longe dos *gaijin*. Até os quinze anos, não falava o português, até hoje tem sotaque carregado. Neto mais velho, desde pequeno aceitou o peso de manter os costumes. Hoje, ele tem um semblante gelado, peso dessa responsabilidade. Matsuda também cuida da conduta moral de toda a família. Além disso, cuida dos amigos, entre eles o Eurico. Que foi quem mandou a própria mulher, Margriet, para seus cuidados.

A Margriet, tinha trinta e sete anos e olhos azuis, brilhantes. Holandesa, veio pro Santo André encerrar a carreira no vôlei. Quando foi ao Matsuda, estava sem muita esperança. Foi lá como a última tentativa, para jogar mais uns anos. Matsuda resolveu o problema dela. Mas, as contínuas sessões e o contato pleno nos alongamentos foram demais. Um dia, muito próximos, o Matsuda se descontrolou. Matsuda fez o que jamais pensara em sua vida. Traçou a paciente. Justo a Margriet, do Eurico. Aquilo foi demais para ele. Sentiu que tinha desonrado todos os seus. Daí o *harakiri*, que viria a ser confirmado na sexta-feira, conforme prometido.

O Matsuda ligou e disse que estava tudo acertado. O *harakiri* seria no sítio do irmão dele em Mogi. Que o Eurico não se preocupasse, o irmão cuidaria de tudo. O Eurico ficou um leão e urrou: *Vou participar de um* harakiri, *decepar a cabeça de um japonês e você pede pra eu não me preocupar?* O Matsuda permaneceu quieto, mas não desligou. Ficaram os dois assim em longo silêncio.

O Eurico, então, perguntou se a Margriet havia recebido as coisas dela, que ele havia mandado pela Eliete. O Matsuda disse que sim, e mergulharam em outro longo e sombrio silêncio, sem desligar. O Eurico, então, perguntou onde estava a Margriet. O Matsuda disse: *Voltou para Amsterdã*. E, após longa pausa, ainda sussurrou um ambíguo *foi melhor*.

Aí o silêncio foi absurdamente longo, pesado, misterioso e reflexivo. O Eurico, então, cuidadosamente perguntou se poderia retomar os alongamentos. O Matsuda pensou demoradamente e, relutante, disse *sim*.

LAMBANÇAS

Dona Sônia tem cinquenta e sete anos, e duas filhas casadas. É viúva há três. Vive em um belo apartamento em Perdizes e, desde que o marido se foi, tem a companhia de um Shih-Tzu que ganhou das filhas. Ela nunca disse nada, mas o Shih-Tzu é melhor companhia que o finado. Ele bebia demais. Chegava alto, jantava e ia dormir. O Shih-Tzu não. Desde cedo está a seu lado. E assim, por todo o dia. Sempre em paz. No quarto, na cozinha e na sala, ao longo de todas as novelas.

Curiosamente os cães de caça caçam, e os de guarda guardam, mas o cão de companhia precisa de companhia. Sair, para os donos destes cães, é um problema. Ela raramente saía, mas quando saía deixava o cachorrinho na cozinha e o bicho, como diziam as filhas, *fazia merda*. Ela achava horrível esse jeito delas falarem. Um dia, quando saiu, ela deixou a TV da cozinha ligada. O cachorrinho *não fez lambança*. Ela contou a descoberta para as filhas.

A mais velha disse que o cachorro era burro, ouvia a TV e pensava ter companhia. A menor defendeu o cachorro e logo foi buscar um *ranking* de inteligência de cachorro. Deu-se mal, o bicho estava em septuagésimo quarto lugar. Bem abaixo de *bulldog*, dinamarquês e outros broncos. A mais velha, sempre superior, disse *é o que digo*. A mãe disse *não encrenquem meninas, isso não importa*.

Na fria noite de 15 de junho de 2008, Dona Sônia, já de camisola, assistia à novela, quando caiu a força. Ela esperou olhando pela janela, viu que tinha sido no bairro todo. Tentou falar com a portaria. Nada. Viu que o elevador também estava apagado. Ficou ali sem assunto e por fim resolveu descer para a portaria. Não desceria com o Shih-Tzu no escuro. Prendeu o bicho no lavabo.

Desceu bem devagar e encontrou o Severino na portaria. Todo abrigado num casacão azul-escuro, iluminado por três velas. Parecia um almirante. No princípio ela assustou, depois lembrou que gostava da luz de velas. Há quantos anos não falava à luz de velas? O Severino disse que tinha tentado saber o que acontecera, mas *quando cai assim no bairro, demora*. Ela já havia notado que, à luz de velas, as pessoas falam mais baixo.

Muito frio, Severino? ela deu corda. Ele sorridente disse que a mulher do quinto tinha dado um tapetinho para ele não ficar *com o pé na pedra*. Estava bem. Ela fez mais umas perguntinhas e ele foi respondendo. Repassaram a vida dos moradores enquanto a força não vinha. A certa altura o Severino disse vou *contar uma coisa para senhora*. Ela disse *diga lá, Severino*. Ele contou que o Dr. Barbosa tinha trazido para ele uma pinga do sítio dele em Bragança. *Desce que é uma seda, boa pro frio*. Ela não sabia o que dizer e sorriu em silêncio. Ele arriscou: *a senhora quer experimentar?*

Ela tinha motivos de sobra para não aceitar aquela pinga. Mas, não se sabe porque, ela disse *quero sim Severino, muito obrigada*. Ele, orgulhoso, serviu um martelinho. Ela foi bebericando e disse *não é que desceu bem, Severino*. Ele ficou surpreso, encantado. Relutante, tomou ele um martelinho. E, mais relutante ainda, ofereceu outro para ela. Misteriosamente, ela aceitou. E assim foram, à luz de velas, evoluindo para as coisas do espírito, os assuntos pessoais e, então, intimidades. Tomaram outros martelinhos e, não tardou muito, se atracaram. Ali mesmo. Atrás do balcão, em cima do tapetinho.

As filhas, que não haviam conseguido falar com a mãe ao telefone, preocupadas, vieram ver o que se passava. E viram. Atrás do balcão, em cima do tapetinho.

Foi um perereco dos grandes. Gritaria e muito choro. Por fim tudo se acalmou. Subiram as escadas.

A mais velha agradava a mãe adormecida no sofá quando a menor, que limpava a lambança do Shih-Tzu, disse: *sem*

TV *a mamãe também faz merda*. A mais velha escutou aquilo, pensou e acolheu, mas não disse nada.

Com aquele silêncio, encerrou-se o canhestro episódio. Para elas, não para o Severino, que foi despedido no dia seguinte. Mas, isso não vem ao caso.

PADRE BORELLI

Dom Pedro Mourão, bispo da Diocese do Alto Cristalino sabia que São Sebastião do Alto era uma cidade de jovens migrantes. Povo valente que veio do sul para plantar o futuro. Era uma ilha de gente, num imenso mar de soja. Sabia que a cidade se deixara levar por sua juventude e sua riqueza. Sabia também que dinheiro e hormônios não combinam com temperança. São Sebastião, tão pequena, trepidava.

O que Dom Pedro não sabia é que a alma do padre Borelli, a quem indicara para cuidar da paróquia, não harmonizava com combate à luxúria. Se, no momento da indicação, prestasse atenção nas pálpebras do padre, teria notado que tremiam à medida que ouvia sobre a *lascívia que embebia o tecido social da paróquia*. Teria notado que o cura abaixava a cabeça em pungente contrição. Mas, bispos não prestam atenção nessas coisas e padre Borelli foi para São Sebastião.

Chegou num sábado e logo na madrugada de domingo ouviu a turba ao longe. Música, gritinhos e gargalhada. Varando a madrugada. Ficou assustado, pensando na vida. Tardou muito a dormir.

No princípio a cidade ficou intrigada com o padre. Não por seu tipo siciliano discreto. Nem por sua voz, que sinalizava indulgência. Mas pelo que deixava sobre sua mesa: um crânio com a inscrição *eu fui o que tu és e tu serás o que eu sou*. Era seu *memento mori*, estas coisas simbólicas que, desde Roma, nos lembram que haveremos de morrer e assim nos advertem sobre o viver. Era esta a explicação que oportunamente dava aos que a ele vinham. Mas, é difícil fazer jovens verem que haverão de morrer e, mais ainda, que a morte deve balizar seu viver, pelo temor às punições.

Com paciência, padre Borelli foi se inteirando das coisas. No confessionário foi conhecendo a tal *lascívia que embebia o tecido social*. Ouvia tudo sereno mas, nos temas lúbricos, não resistia. Espreitava pela treliça do confessionário. E assim o calor da cidade foi subindo por suas pernas e, para seu desespero, começou a lhe contaminar as gônadas.

Constatou que aquele crânio sobre sua mesa era pouco para segurar o devasso rebanho. Como tinha sido pouco para segurar a si próprio, haja vista o filho que deixara em Dourados.

O PAI DE MAX BAUER

Assustado com tudo aquilo, anunciou que mandaria entalhar uma grande *Dança Macabra*, a alegoria medieval em que esqueletos dançam de mãos dadas rumo ao cemitério. *Nela, estão representados todos os segmentos da sociedade, desde o peão até o prefeito,* indignou-se no sermão. *Lembrará a todos nós que do pó viemos e ao pó tornaremos,* exaltou-se. *Pagaremos, todos, após a morte, o que aqui cometermos, qualquer que seja nossa posição social, nosso ofício, nosso dinheiro,* encerrou forte, sempre amargurado por sustentar seu filho com o dinheiro da Igreja.

A ideia foi boa. Padre Borelli esperou alguns meses por resultados, mas nada mudou em São Sebastião. Nada. A *Dança Macabra* efetivamente não assustou ninguém.

Padre Borelli então foi mais longe. Deixou escapar a ameaça de que o entalhador retrataria a feição dos grandes pecadores. Aí sim, o padre passou da conta. A iminência e a inevitabilidade de uma dura sentença só fizeram aumentar a devassidão. Foi assim na Peste Negra e foi assim em São Sebastião. A volúpia recrudesceu. Pecaram muito mais e confessaram muito menos. Para desespero do padre, que já havia incorporado a picância do confessionário ao cotidiano de sua vida gris.

Padre Borelli passou então à reflexão. Foram três semanas até a iluminação. Decidido, guardou o *memento mori*, descartou a *Dança Macabra* e não tocou mais no assunto.

São Sebastião então pegou fogo e o padre Borelli ardeu junto. Mas, desta vez não teve filho. Graças a Deus, Nosso Senhor Jesus Cristo e ao Divino Espirito Santo.

Uma Breve Conversa

O Castro tem lá suas particularidades. Enquanto a maioria dos homens prefere mulher na cama, ele prefere mulher na banheira. Já disseram que ele sofre de "nostalgia amniótica". Bobagem, o Castro apenas gosta de mulher na água, enquanto outros gostam de mulher no seco.

O Castro, nessa questão de banheira, tem método. É rigoroso e inflexível. Como um *serial killer*, sai sempre às quartas-feiras, às seis da tarde. Vai a bares em que moças aparecem cedo, porque as coisas com ele sempre terminam às dez. Se não sair do bar com a mulher até as sete, conversa um pouco e marca encontro para outro dia. Tem mais. O Castro não sai com mulher com mais de 1,70 m ou mais de 60 kg. Não dá certo na banheira, ele tem experiência.

Com tantas restrições, parece tudo muito difícil. Mas não, o Castro caminha bem no universo feminino. Tem talento, o desgraçado. É boa pinta, inteligente e, sobretudo, sabe fazer mulher rir. É o que basta.

O que parece impossível para outros, não é para o Castro: conhece uma mulher às seis, sai do bar às sete e já está na banheira às oito. Incluídas aí as rigorosas preliminares de seu roteiro: comer banana e dar uma alongada. Sem isso, o Castro não entra na banheira. É cãimbra pela certa, diz ele, que às vezes até usa joelheira. Ele vem nessa toada há tempos e não se atrapalha. É habilidoso, o danado.

Na vida do Castro predomina a Paula, sua mulher, que justo nas quartas à noite faz turno de voluntária no CVV. Atende emergências de suicidas, deprimidos, perversos e psicopatas em geral. Serviço tenso que a deixa exausta, coitada.

Mas não foi a Paula quem se assustou com o Castro naquela noite, foi a Solange, uma jornalista morena viçosa que ele conheceu no Piratininga. Ele a encontrou só, tomando um chope logo às seis da tarde. Sentou-se na mesa ao lado e, em poucos minutos, já discorria sobre os novos paradigmas da comunicação, pós-modernismo e o escambau. Cativante, às sete já saía do bar com a moça para ver o vídeo do Mark Knopfler e da Emmylou Harris na casa dele, ali perto. Serviu Amarula nas pedras, acompanhado de rodelas de banana. *É assim em Cape Town*, mentiu.

Beberam bem e, de repente, ele a convidou para alongar. *Alongar?*, disse ela. *Porque a banheira não é grande*, respondeu ele com irresistível sinceridade e voz de Lobo Mau. Não tardou muito e lá foram eles para a banheira à luz de velas, com incenso de sândalo e o Amarula. O Castro entende do assunto. A tal Solange além de corpo e rosto tinha cérebro, a danada. Discorreu sobre *blues*, *country* e *rock*. Ficaram entretidos naquilo e o tempo voou. Despertaram do sonho às 10h30 com a Paula batendo na porta: *Taí faz tempo, amor?*

Ele tapou a boca da Solange e respondeu: *Entrei agora mesmo, vou dar uma relaxada.* A Paula disse: *Então escovo os dentes depois.*

A Solange, com os olhos, indagou: *Quem é ela?* Ele respondeu no ouvido dela: *Minha mulher.* Ela sentiu gana de emascular o Castro. Mas, ficou quieta. Imóvel. Nas circunstâncias, ele era seu único aliado. Apavorada, juntou forças e sussurrou: *E agora?* Ele pediu silêncio absoluto: a Paula estava exausta, coitada, precisava descansar. Ademais, eles precisavam sair dali vivos, exagerou. Em meio ao silêncio, vieram lá do quarto umas perguntas rotineiras da Paula. Ele respondeu todas com estudado enfado.

Depois foi o silêncio. A água esfriando e eles ali imóveis, gelando. A Solange, na cautelosa meia hora de espera, despertou para os curiosos meandros da vida. As complexidades da mente. Cresceu. Nunca agradeceu o Castro por aquilo, a ingrata.

No dia seguinte, durante o café da manhã, a Paula, que tem seus 65 kg, muitíssimo bem distribuídos em seus 1,75 m, comentou que poderiam reformar o banheiro, comprar uma banheira maior. O Castro, com ar casual, disse: *Boa ideia*.

Fizeram a reforma. Ela largou mão do cvv e ele das incursões de quarta. Viveram felizes por muitos e muitos anos. Não todos os anos, nem o tempo todo, claro.

TROPEÇOS

O Machado, já chegando aos quarenta, era homem bem-sucedido. Tinha amigos, um bom sócio e algumas moças discretas, das quais nem se ouvia falar. A vida ia bem para ele, mas faltava alguma coisa. Ele era, como dizem alguns, uma pessoa não infeliz.

Não era deprimido. Não vivenciava a raiva, nem o ódio. Não era preocupado, nem entediado. Não expiava culpa, nem sentia ansiedade. Não era irritadiço, nem frustrado.

Vivia bem o Machado, mas por ali não passava o amor. Nem perto. Não havia o altruísmo, não havia carinho nem compromisso. Ele não experimentava qualquer intimidade emocional. Não conhecia a meiguice. Havia nele um vazio que não sabia explicar.

No dia em que fez quarenta, decidiu encarar o problema. Talvez o cerne fosse a Maria, uma delícia, mulher do seu sócio Godofredo. Ele tinha suas fantasias. Ela, assim tão próxima, mantinha sempre uma fria distância que o inquietava. Talvez aquilo fosse um flerte, estranho flerte. Essas coisas nunca são claras.

Ele matutou, ruminou. Não sossegou até que um dia emoldurou a questão. Foi duro consigo, como sempre fora. O que sentia era inveja e ciúmes do Godofredo, de quem sempre gostara e que muito admirava.

Mas o Machado nunca agiu por impulsos. Deixou suas conclusões de molho. E foi ao longo dessa maturação que a Maria, então mais retirada de cena, foi passando para o plano principal. As fantasias foram ficando cada vez mais frequentes. Arrebatadoras. Muito intensas. Ele começou a perder referências. Curiosamente, a tal inveja do Godofredo foi se transformando em ardente desejo pela Maria. Coisa braba mesmo. Libido, apetite e fome. Foi perdendo o controle e, um dia, passou da conta.

Em um 23 de setembro, Sol em Sagitário e ascendente em Leão, ele pregou três tiros no sócio. No peito daquele com quem dividia as ambições, mas com o qual não aceitava partilhar Maria. Partilhar? Ela nem era sua.

Foi em um dia de pagamento de peão na obra. Iam armados, como sempre. Era rotina. O Godofredo guiando e ele com a maleta do dinheiro. Dessa vez, com pedras. Ele pediu ao sócio para dar uma parada no acostamento. Desceu, deu a volta por trás do carro e atirou à queima roupa. No lado esquerdo do peito. Corajosamente, com a canhota, deu um tiro em seu próprio braço direito. De raspão. Tudo aquilo doeu muito.

Empurrou o corpo para o banco de passageiro, assumiu o volante e voltou para Cesário Lange. Lá de cima da ponte do Sorocaba, jogou a maleta com as pedras e o 38.

Chegou à Santa Casa sangrando muito, com o Godofredo ali do lado. Morto. Amontoado. Foi uma correria. Uma gritaria. Não demorou muito e, ali deitado, ele escutou o choro da Maria no corredor.

Então, veio o enterro. De um lado a Maria, arrasada. Do outro, o Machado, com uma tristeza molhada no rosto.

Passou o tempo e tudo foi se ajeitando. Prenderam os suspeitos, uma dupla encardida. Maria veio ajudar nas coisas da empresa e foram se aproximando. Nela foi brotando um companheirismo amoroso. Talvez um pouco romântico. Uma coisa afetuosa, doce, temperada pela conveniência. Fruto do cotidiano. Tudo muito suave.

Já do lado dele, era fogo. Abafado, contido, mas fogo. Ele não entendia esse descompasso da Maria, distante de suas fantasias. O contraste era grande. De um lado ele, em chamas. Do outro ela, tíbia.

Decorreu a trégua social e, muito naturalmente, se casaram. Tocaram a vida pra frente.

O Machado não foi feliz, mas foi sempre correto com Maria. Jamais reclamou, jamais a traiu. Não disse um ai. Foi assim até o fim. Apesar do tropeço, era homem de caráter.

Maria cumpriu sua sina. Atendia o marido e cuidava da casa. Insatisfeita, também tropeçou. Coisa rápida. Mulher correta, manteve o menino sempre distante do Machado. Também tinha caráter, a Maria.

Nenhum deles nunca disse nada a ninguém. Só eu sei disso tudo.

DOM

O Toledo é um sujeito muito bom, equilibrado. Além disso, é afável. Essas suas qualidades, admiráveis, o tornam presa fácil daqueles chegados à dominação.

Há algum tempo, ele se envolveu com uma mulher perigosa que, não por acaso, dele se aproximou. Lentamente, foi dominando o coitado. Sinistra, foi pondo a coleira no pescoço dele. Mantinha o bicho junto. Com o tempo, ele foi perdendo ar, perdendo brilho, perdendo viço. Perdendo a vida.

Uma amiga dele, vendo aquele horror, encostou o Toledo na parede. Deu-lhe um tremendo esculhambo. Ele tinha de dar um basta. O Toledo demorou, mas por fim caiu em si. Resolveu o assunto.

Essa mesma amiga o presenteou com um Shih-Tzu, para companhia. No começo foi difícil. Ela ajudava, a empregada ajudava, o cachorro foi vivendo e ele foi se afeiçoando ao bicho. Mas o cachorro não entrava nos conformes. Fazia as coisas fora do lugar. Fazia fora de hora e de maneira inconveniente. Ele logo ficou pelas tampas com o Shih-Tzu.

Contratou um adestrador. Daria comportamento ao Shih-Tzu. Foram várias semanas. O adestrador saía com o cachorro e, quando voltava, quem recebia instruções era ele. Faça isso, faça aquilo. Não fale assim, fale assado. O Toledo suspeitou que ele sim, estava sendo adestrado. *E tem mais, disse o adestrador, tome cuidado, senão esse cachorrinho domina o senhor!*

O Toledo ficou de orelha em pé.

Certa feita, ele chegou cansado e foi assistir a um Tarantino. O Shih-Tzu foi logo em cima dele. E brinca e morde e lambe. Sem parar. Estava impossível. Ele deu um firme *não*. O Shih-Tzu se afastou entristecido e logo urinou redondo-amarelo-sobre-piso-de-madeira. Ele ficou um leão, mas se controlou. Adestrado, bateu no chão e disse três vezes: *Aqui não*. Limpou o piso e continuou com o Tarantino. Muito violento e tenso, o filme.

E não é que o Shih-Tzu volta à brincadeira! Ele, bom coração, aceitou o cachorro no colo. Logo o Shih-Tzu estava lutando, mordendo, lambendo. Mas o Toledo queria mesmo ver o filme e deu outro firme *não*. O Shih-Tzu se afastou abatido e logo fez um cocô mole-sobre-tapete-branco-felpudo. Ali, bem na frente dele.

Nessa, o cachorro errou. Errou feio. Passou da conta. O Toledo se descontrolou, agarrou o bicho pelo cangote e jogou pela janela. Desses impulsos da vida, tão comuns, sempre ocultados. Voltou ao Tarantino e seguiu até o fim.

Acalmado, preparou um uísque, um lenço perfumado e encarou a limpeza do tapete. Queimar o tapete? Cortar um pedaço? Considerou várias alternativas.

Ele concluía a árdua tarefa quando tocou o interfone. O porteiro disse que, não sabia como, o cachorro dele estava em um galho da árvore da portaria. De certo era brincadeira da molecada. Ele disse: *Certamente*. Desceu, resgatou o Shih-Tzu e o trancou na área de serviço. Assunto encerrado.

A defenestração é uma experiência singular. Não só pela abrupta expulsão de um ambiente abrigado, mas também pela inesperada sensação do voo incerto. Além disso – o mais grave –, é praticada sem a aquiescência do protagonista principal. No caso, o Shih-Tzu.

Foi assim que o pequeno cachorro entendeu tudo em um átimo. Sem a menor necessidade de estruturar conceitos. Ficou claro que a barra ali era pesada. Pesadíssima. O Shih-Tzu deixou de lado sua vertente dominadora. Tanto é verdade que hoje está uma seda. Nunca mais causou problema. Os dois vivem juntos em perfeita harmonia.

O Toledo só lamenta ter demorado tanto para descobrir esse seu dom.

O Bom Padeiro

Não havia discordância. Não se consegue um padeiro casado para trabalhar numa ilha com 150 soldados. Mas o coronel Veloso insistiu; coronéis em geral insistem.

O anúncio buscava um casal, ele padeiro e ela para serviços de limpeza. Oferecia bom salário, casa com dois cômodos e dois anos de contrato. Apareciam interessados, mas logo na entrevista, quando falavam em 150 soldados, o interesse evanescia. Sobretudo quando esclareciam que era uma companhia formada por três pelotões de cinquenta soldados cada. O coronel pedia que não usassem a palavra pelotão, que assusta mais que soldado, mas o pessoal esquecia. Foram dois meses seguidos de anúncio no jornal, até que apareceu o Miranda e sua mulher. Surpreendentemente seguro e resoluto. Não pestanejou, o acerto foi rápido e logo foram embarcados. De mala e cuia.

Nem bem chegaram e os pães começaram a sair daquele grande forno, deixado para trás pelos americanos. Na ilha, a vida mudou. Nem tanto pelos pães, que eram bons, mas pela mulher do Miranda, um mulherão. Trabalhava pelos galpões, fazia faxina, arrumava os alojamentos e tudo o mais. Às vezes até passeava na praia. Sorridente no vento. Um espetáculo.

Não passou nem uma semana e a Elenice já estava dando na ilha. Em segredo jurado, claro. Imagine, mulher casada. Com o marido ali mesmo na ilha, sem saída. Sem escape. Um perigo.

Mas não foi só pra um. Foi pra muitos. E pra cada um, dengosa, pedia um dinheirinho para juntar e trazer as filhas que moravam com uma tia. Uma judiaria. Meiga, dizia que o marido era um mão de vaca e, além disso, muito bravo. Ai se o Miranda soubesse de todas as coisas. *Matava mesmo*, ela dizia baixinho. *Por muito menos, ele já tinha puxado faca*, ela dizia olhando pros lados. Mesmo no escuro.

Essa conversa naturalmente aumentava o desejo. Ela mesma ficava mais ardente. Mais valiosa também. Claro.

E assim ela foi levando a vida na ilha. Generosa e valente, atendia os três pelotões. Não se metia com oficial. Tinha tino pra negócio, não fazia bobagem. Mas os soldados não gostavam somente das coisas da Elenice, gostavam dela mesma, a pessoa, e de dar uma ajudinha também. Era legal a Elenice. Sentiam também um enorme prazer em pregar os cornos no

Miranda que, não obstante ter trazido o bom pão e o sexo para a ilha, era odiado por todos. Afinal, o desgraçado era o dono da Elenice.

Claro que, com o tempo, uns sabiam de outros. Ciúmes, ilusões e fantasias arrebentavam pra todo lado. Mas aguentavam todos firmes, calados. Não era ética, não. Era só prática mesmo. Medo. A coisa não podia estourar. Às vezes brotava a tensão. Saía uma falazinha maldosa, um boatozinho venenoso, mas o próprio Miranda resolvia tudo. *Bobagem, o pessoal fala mesmo de mulher, ainda mais numa ilha cheia de soldado*, dizia o padeiro. Com essa bênção, a paz voltava pra ilha. Curioso poder, o do Miranda.

Ao fim dos exatos dois anos o dadivoso casal se foi e a ilha ficou triste. Muito triste. Ilha mesmo.

Não deu muito tempo e, numa sexta feira, chega a notícia de que os dois não estavam mais juntos. Contaram que o Miranda tinha aberto um boteco e ela tinha montado um salão de beleza, longe dele. Garantiram que ela estava feliz e só.

Naquele dia muitos sonharam. Como jamais se sonhou naquela ilha.

O que ninguém sabia é que os dois nunca foram casados. O Miranda padeiro era empreendedor, mas descapitalizado. Homem magro, de libido flamejante, jamais iria sozinho pra uma ilha. A Elenice, esta, era uma velha conhecida da zona. Miranda pensou bem e propôs negócio. Tudo muito sensato, tudo muito objetivo, tratado no fio do bigode. Ele dava casa e comida pra ela, arrumava muitos clientes e rachavam o dinheiro. Por outro lado, ela dava pra ele, cozinhava, lavava e passava. Bom pros dois.

Na verdade, bom pra todo mundo. Até pra mim que, menino de tudo, aprendi muito com a Elenice.

Noite Feliz

O desembargador Gabriel Ferreira de Araújo, aos domingos, recebia todos os filhos, netos e agregados para almoçar. Mesmo viúvo, mantinha o costume. Gostava da reunião, mas não participava muito da conversa. Era muito rápida, não entendia tudo. Preferia acompanhar à distância. Foi assim também naquele domingo.

Estavam todos preocupados com o Natal, percebia. Mais por sua viuvez recente. Ninguém sabia direito como ia ser. Nem os filhos, nem os agregados. Ninguém falava nada, mas havia algo no ar.

De repente o tema veio à mesa, trazido pela mais velha. Cuidadosa, tocou no assunto como se nada houvesse. Ceia mais cedo ou ceia mais tarde? Assim tão cedo? E os agregados? E as famílias dos agregados? E os namorados? Quem traz o quê? Naquela conversa toda havia apenas a certeza da presença da Almerinda, que continuava cuidando da casa e, sobretudo, dele mesmo. Excelente pessoa, a Almerinda.

Ele ouviu tudo com muita calma e pensou em suas vontades. Matutou, ponderou e decidiu. Esperou a hora certa e bateu com a faca na taça de vinho pedindo silêncio. Era sempre atendido, mesmo pelas crianças, que nunca prestavam atenção.

Contou a história do Bispo de Myra, nascido em 280 na Turquia, que mais tarde se tornou São Nicolau. Mais tarde ainda, depois de muitas distorções, resultou nesse Papai Noel presente. Com cara, barba, barriga, bota, vestimenta e cores definidas pela Coca-Cola em 1931. Era um absurdo, um despautério. Não fazia sentido todo mundo atrás de presentes desnecessários por conta de um boneco comercial. Correr para cá e para lá numa noite de Natal era desatino. Atender expectativas de felicidade dos anúncios de margarina era insânia. Era preciso sublevar-se contra as forças do mercado. Era preciso ousar. Não deveriam fazer nada na noite do vinte e quatro. Ou melhor, cada um deveria fazer o que quisesse *e eu quero ir para a cama*, disse rindo e trazendo um pouco de confiança a todos.

Houve um *que bobagem papai, vem todo mundo aqui, vai ser ótimo*. Mas ele foi firme, disse que pessoalmente preferia tomar uma sopa às sete da noite, meia taça de vinho e dormir. Na paz do Senhor, frisou, olhando para cima.

Mais queixumes, nem todos legítimos, mas ele insistiu que preferia isso mesmo. Notou que a mais velha, a esta altura, morria de culpa de ele ter pensado nisso, mas repetiu que preferia tomar uma sopa às sete da noite, meia taça de vinho e dormir. *Na paz do Senhor*, insistiu sem olhar para cima. Seria um exagero.

Com essa insistência e o bom humor, a culpa foi se dissipando. O famoso peru da Almerinda não precisaria ser devorado justo na noite do vinte e quatro. Melhor seria num domingo qualquer, no almoço. Os ovos nevados também. A simplificação trouxe paz a todos. Curiosamente um juvenil sentimento de transgressão também permeou o ambiente. E, não obstante alguns pulsos de incerteza, ficou decidido que não fariam nada na noite do vinte e quatro.

Mas houve a tarde do vinte e quatro, em que ele recebeu algumas visitas. A Almerinda serviu chá e bolo de laranja. Lá pelas cinco todos se foram. Ele tirou uma soneca, acordou bem disposto, tomou um banho e se arrumou.

Às sete a Almerinda preparou um levíssimo suflê de chuchu e serviu duas taças de vinho. Ele a convidou para sentar-se com ele e jantaram. Juntos, como faziam desde junho. Ela então lavou a louça, fechou a casa e subiram para o quarto. Juntos, como faziam desde outubro.

Antes de dormir ele pensou que algum dia teria de explicar essas coisas para a mais velha. Mas não chegou a se preocupar. Logo dormiu. Com um anjo.

O Patagão

No dia 31 de março de 1520, Fernão de Magalhães desembarcou na gelada Bahía de San Julian e estabeleceu contato com os tehuelches. Eram homens grandes. Andavam com o corpo enrolado em peles. E também os pés, como grandes patas. Magalhães assim os chamou de Patagones, relata Pigafetta, seu escrivão. Até hoje, persiste em nossas mentes a imagem de homens grandes numa terra longínqua.

Paco Sanchen é um tehuelche, puro sangue. Patagão, nasceu em Puerto Chacabuco, Chile. Lá, o tempo é sempre frio, chuvoso e ventoso. O inverno é gelado e muito escuro. Ademais, há terremotos na região. Em Puerto Chacabuco, se veem poucos homens pelas ruas, nenhuma mulher. A vida é duríssima. Por lá param os navios que vão para a geleira San Rafael, Punta Arenas, Ushuaia e os que passarão o Cabo Horn, rumo ao Atlântico. Paco trabalhou anos nas operações do porto.

Embarque e desembarque. Um trabalho pesado, barulhento e molhado. Aquilo era o inferno.

No dia 21 de abril 2007, veio o grande terremoto. Sete na Richter. A Terra rosnou. Como nunca. O mundo tremeu e tudo caiu. Porque ali não havia paz, em poucas semanas ele embarcou de taifeiro em um navio da McCormack. Rumo à Flórida. Com escalas na Argentina e no Brasil.

No navio, fez muitas perguntas e, por fim, um único plano. Informado e resoluto, depois de trinta dias, pediu adiantamento. Iria fazer compras em Fortaleza. Desceu e foi pra Jericoacoara. De jardineira. No navio, disseram que ele havia sido assassinado e zarparam.

Ele chegou em Jericoacoara ao entardecer. Encantado, viu o povoado cheio de velas, coqueiros e música. Gente alegre descalça na areia cálida. Gente de toda parte do mundo. Um manto de felicidade cobria a pequena vila. Nunca viu tanta mulher. Aliás, nem sabia que havia tanta mulher. Ainda mais daquele jeito.

Sentiu que havia acertado. Talvez houvesse para ele um lugar ali. Ficou encantado com as praias, as dunas, a brisa e as lagoas. E o verde das lagoas? E a temperatura da água? Ademais, conviviam pessoas, cachorros, gatos, vacas e jegues. Todos soltos, felizes em harmonia. O paraíso.

Em poucos meses, arrumou seu canto no Beco Doce. Fazia ceviche para os restaurantes. Andava pelas praias, dunas e lagoas. Nadava. Todo dia, irmanado, aplaudia o pôr do sol.

Viveu um ano em paz. Mas, um dia, aprendeu massagem com Melina, a grega. O olho dela brilhou quando soube que ele era um patagão. Na hora, ele viu que havia magia naquilo. Havia aura. Não demorou muito e pendurou em sua porta a placa Patagonische Massage – Native Masseur. Até um japonês entenderia aquilo. Foi tiro e queda.

Em pouco tempo estava lotado. Das dez às sete. O patagão atendia o imaginário – não só o imaginário – de espanholas, francesas, alemãs, suecas e holandesas. Uma atrás da outra. Não dava mais para ver o pôr do sol. Nem lagoas, nem praia, nem duna. Ademais, bebia toda noite. Caipirinha. Uma atrás da outra. Começaram os rolos, os rabichos e as encrencas. Ficava arrebentado.

Aconselhado pela vizinha, procurou auxílio do Barão, um filósofo, consultor espiritual, que morava na Principal. O patagão falou de seu passado, sua vida e seu problema. Que vergonha, dizer que tinha problema! O Barão ouviu tudo serenamente. Puxou um Petrarca da prateleira e leu: quem busca a paz, que evite a mulher, fonte perpétua de conflito e aborrecimento. Mas, o Barão não parou aí. Emanou sapiência por mais meia hora. O patagão entendeu tudo.

Hoje, ele está bem. Não pensa mais em paz, inferno e paraíso, estas bobagens. Só atende três por dia. Toma Tequila Sunrise e dorme cedo.

Fazer o quê?

Os Outros dos Outros

Eu atendi o telefone e, pela voz, me dei conta de que as coisas não iam bem. Chamar-me para almoçar num japonês em dia de semana? Era estranho. Sugeri o Kabashi, ao lado do escritório, onde sempre almoço. Ela concordou.

Eu cheguei na hora, pensei em tomar um saquê. Só pensei. Passaram-se uns vinte minutos, nada de ela aparecer. Mais uns quinze e pedi o saquê. Não dá para esperar meia hora a seco, me convenci facilmente. Ela chegou dizendo: *As coisas não vão bem, nada bem.* Pegou meu saquê e começou.

O casamento, seu segundo, ia mal. Ela disse o que sempre escondera de mim: o marido era um narcisista, cicloide, sensitivo-paranoide, compulsivo e histérico. Discorreu sobre as facetas do pancada e o impacto em sua vida, sua psique, sua autoestima. Eu, que já tinha percebido aquilo antes, não abri o bico. Não era hora.

Perguntei se ela dividiria uns guiozás comigo. Ela disse: *Fritura nem pensar.* Eu sugeri então uns *sushis* de salmão. Ela disse: *É muito calórico.* E começou a chorar. O marido insistia que ela era gorda. Justo ela, enxuta. Fragilizada, começou a fazer regime, mas não perdia peso. Não havia o que perder. Eu, então, pedi *sashimi* de atum e mais saquê. Em plena quarta-feira.

Ela disse que não aguentava mais o inferno. Falou das explosões, das grosserias, das falas tensas, dos silêncios pesados e por aí afora. Estava preocupada com o fim da relação. Não por ela, que não aguentava mais, mas pelo que iriam pensar os parentes e amigos. Eu disse que aquilo era uma bobagem sem tamanho. *Considerar o que os outros pensam de nós? Não tem o menor cabimento.* Argumentei muito, mas não tive sucesso. Ela repetiu muitas vezes: *O que vão achar de mim?* Escutei tudo com muita aflição. Não dava para interromper. A situação era delicada. Não que ela falasse alto, mas soluçava. As atenções das mesas se voltaram para nós. Eu não sabia o que fazer. Nem pegar na mão dela dava, não era assim nossa amizade.

Eu pedi mais saquê e disse baixinho: *Dá logo um pé na bunda desse psicopata, ninguém tá preocupado com o fracasso do seu segundo casamento.* Aí eu errei feio. Ao ouvir *fracasso do seu segundo casamento*, ela chorou mais ainda. Torrencialmente, com soluços. Eu nem sabia que havia choro assim. Ela enxugava as lágrimas com guardanapos, um lenço e a toalhinha. Os olhares então se voltaram para mim. Definitivamente, eu era o vilão. Malvado, duro e sem coração.

Fui tentando controlar a situação, mas o choro não parava. Com muito jeito, eu disse para ela dar uma sossegada: todos estavam pensando que éramos um casal e que eu era o causador do choro. Ela, então, disse baixo e firme: *Você diz para eu não me preocupar com meus amigos, mas está preocupado com esse povo aí, que você nem conhece?* Eu disse que era desagradável, só isso. Ela continuou falando e chorando muito. Os olhares de reprovação pesaram mais ainda sobre mim.

De repente, num átimo, tudo mudou. Ela disse claramente: *Me perdoa, eu juro, juro por Deus que nunca mais vou para a cama com seu irmão, juro!* Cobriu o rosto com as mãos e continuou soluçando numa mistura riso-choro que só eu percebi.

Aquilo caiu como uma bomba no salão. Todos os olhares se voltaram para ela, a vadia. Eu, num átimo, passei a vítima. Não só isso, passei a corno do qual todos se apiedaram imediatamente. Pior ainda, corno manso, pois continuei ali tentando conter o choro dela.

Aos poucos, ela foi se acalmando e por fim pediu desculpas. *Foi um impulso para te inocentar*, disse ela. Desculpei, fazer o quê?

As pessoas foram saindo. Passavam e olhavam para ela como a uma muçulmana adúltera, em ponto de apedrejamento. Para mim, olhavam com desprezo e dó. Eu, naturalmente, fui me encolhendo. Por fim, pedi a conta e saímos. Akira, o dono, na porta me disse ao ouvido: *Não vacila, larga logo essa vagabunda.* Abatido, concordei.

Eu gosto muito do lugar e da comida, mas nunca mais voltei ao Kabashi. Não teve jeito.

Manhã de Pai

O desembargador Duarte é homem de hábitos simples. Aos domingos, acorda às seis da manhã, pega um livro e vai para a sala. Dona Isolina traz um bolo de fubá e a térmica de café. Pergunta se ele precisa de mais alguma coisa. Ele sempre diz: *não muito obrigado, Dona Isolina, tenha um bom dia.* Ela agradece e vai passar o dia com a filha em Parelheiros. Ele lê em paz até que a família toda acorde, bem mais tarde. Mas, nem sempre é assim.

Há alguns meses, seu filho chegou da rua às seis e meia da manhã. Pegou um pedaço do bolo e, para sua surpresa, sem dizer bom-dia, perguntou o que ele achava do Ahmadinejad.

O desembargador nem perguntou: *isso são horas de chegar?* e, tranquilo, disse: *é mais um maluco que quer brincar de bomba atômica.* O rapaz ouviu aquilo e, sereno, continuou:

parece justo que o Irã tenha sua bomba, para superar desequilíbrios regionais.

O desembargador estranhou aquele *desequilíbrios regionais* na boca do filho e esclareceu: *arma na mão de gente responsável é uma coisa, na mão de louco é outra.* O rapaz perguntou: *quem é gente responsável?* O pai, com o livro já fechado, disse: *Estados Unidos, França, Rússia, China e Reino Unido. Estas nações jamais fariam uma loucura.*

O rapaz retomou: *considere apenas o pós-guerra e os testes.* O pai antevendo encrenca, perguntou: *como assim? que testes?*

O filho então recitou: *esses aí, que você chama de responsáveis, já explodiram 2 044 bombas atômicas na Terra com uma potência total de 438 megatons, que equivale a 29 200 bombas de Hiroshima. Em terra, mar e ar.* Com a mão em megafone, o filho imitou técnico de som: *testando! testando!*

Aquilo irritou profundamente o desembargador que procurou se acalmar. Afinal, era sua manhã de leitura com bolo e café.

Fazendo as contas – e o rapaz fez –, *dá uma bomba atômica a cada nove dias, por cinquenta anos, e V. Excia. diz que eles são responsáveis?*

Aquele *V. Excia* pegou nos nervos do desembargador, que conseguiu manter o controle e explicou: *à época se sabia muito pouco sobre os efeitos da radiação e sobre o meio ambiente. Considere ainda a enorme pressão da guerra fria que, não obs-*

tante o nome, foi quente. Quentíssima. Em tempo, emendou, *seus números me parecem exagerados.*

O filho disse: *V. Excia me perdoe, não são meus, os números. São públicos, exatas 2 044 explosões nucleares.* E por aí seguiu com estatísticas e constatações.

O desembargador quis abreviar o confronto e perguntou: *onde você quer chegar?*

O rapaz foi claro: *quero que V. Excia. reconheça que é mal informada e, ademais, alienada.*

Com essa pancada o desembargador perdeu as estribeiras: *cai fora daqui moleque abusado, xiita de merda! Isso é hora de voltar da balada? de me encostar na parede? Não vê que eu estou comendo bolo de fubá?*

Ousadíssimo, o rapaz ponderou que bolo de fubá e armas nucleares claramente tinham importâncias diferentes para a Humanidade. *Ademais,* disse ele, *autocontrole, amor e bom senso são características de uma mente sã. Não vejo isso em V. Excia.*

Aí, ele passou da conta. O desembargador descompensou e urrou. A pressão foi lá pra cima. A mulher desceu do quarto voando, assustadíssima. Encontrou o marido reclinado no sofá, vermelho ofegante.

O rapaz então sorriu e, com voz terna, pediu calma. Esclareceu que estava aprendendo a desestabilizar pessoas. Uma especialidade de grande futuro no mundo dos negócios. Precisava treinar com uma pessoa do porte, competência e equilíbrio do pai, que admirava. Pediu desculpas pelo susto, beijou ambos na testa e foi dormir.

O desembargador ficou atônito, com lágrima nos olhos. Curiosamente feliz.

Encruzilhada

O Braga pensa. Sempre. Nos filhos, na mulher, nas contas, no futuro e outras coisas. Ele, que também devaneia, especula e reflete, tem uma habilidade singular. Sabe abandonar pensamentos. Não só os bobos, que não levam a nada, como também os perigosos, que emergem na madrugada.

O Braga sempre expulsa da mente as encruzilhadas de seu passado. Tanto as reais como as imaginadas. Não perde tempo com os caminhos percorridos. Não elucubra sobre os não trilhados. O Braga é forte.

Em outubro, a irmã do Braga o convidou para a festa dos vinte anos de casamento dela. Ele sempre foi muito próximo da irmã e do cunhado. Gosta também da família dele, conhece todos.

A festa foi no Recreativo. Muita gente. Ele conhecia todo mundo. Foram encontrando os parentes de cá e de lá. Conversando. Foram se acomodando nas mesas, bebendo, sabendo das coisas.

Subitamente, a música, então suave, explode Jovem Guarda. Uma nuvem de pontos coloridos começa a girar pelas paredes, teto e piso. Brilha uma enorme tela com imagens do casamento, vinte anos atrás.

Foi um tal de *olha fulano, olha o sicrano, que gracinha, ele ainda tinha cabelo* e tudo mais. Como a música traz lembranças e a bebida certa ilusão, foram dançar. A mulher com os primos. O Braga ficou na mesa. Vendo a dança e o vídeo do casamento, que repetiu a noite toda.Vezes sem fim, ele viu a espera no altar, os padrinhos, a chegada da noiva, o sacramento, o cumprimento aos pais e padrinhos, a saída em fila, o buquê jogado ao alto e a moça que o colhe, beija e sai sorrindo. Bonita e graciosa. Encantada.

Ele via as imagens do casamento e pensava nas pessoas. Conhecia quase todos. Mas e a moça do buquê? Quando sua mulher passou, ele perguntou: *quem é a moça do buquê?* Ela disse que *a moça era a noiva do Paulão na época.*

Ah, o Paulão! Por isso, ele estava sentado bem abaixo da tela. Olhando para cima, grudado no vídeo. Hipnotizado.

Ele pediu para a mulher descobrir o que havia ocorrido com aquele noivado. Ela foi investigar e voltou dizendo que o *Paulão havia dado uma escapulida e engravidado a Telma. O noivado com a moça acabou ali mesmo. Não sobrou nem foto.*

O Paulão casou às pressas e deu no que deu. Até hoje está nessa vida enrascada, parada, que você conhece muito bem.

O Braga pensou um pouco e pediu para a mulher descobrir o que acontecera com a moça? A mulher, uma santa, foi investigar. Voltou conclusiva: *a moça se casou com um amigo do Paulão. Mudaram para Floripa. O casamento deu muito certo, eles têm quatro filhos. O Paulão sabe de tudo pelos amigos, mas não toca no assunto.*

O Braga, que conhece o perigo, foi até o Paulão. Deu um tapa-veludo nas costas dele e disse: *larga de bobagem, isso não leva a nada, vamos tomar uma Cuba Libre. Cuba Libre?* respondeu o Paulão.

Foram para o bar. Ficaram falando bobagem. Na verdade, falava o Braga. O Paulão só escutava. Talvez nem escutasse. Entornava todas.

Por fim, nem o Braga prestava atenção no que ele próprio dizia. O Braga notou que o sapato, a meia, a calça, a cueca, a camisa, o paletó e o corpo do Paulão estavam ali. Mas o Paulão não.

Ele estava em uma encruzilhada lá atrás, em 1990. Pasmo, iludido. Pensando que poderia ter sido feliz.

LEVE ARREPIO

A Congregação do Sagrado Coração de Jesus, com sede em Bauru, mantém o Colégio São José que forma alunos *nas dimensões intelectual, moral, cívica, afetiva e social.* O que, pensando bem, não é pouco. O baile de formatura do colegial da turma de 1986 foi no Clube Comercial. Nessa noite, que chamaram *Soirée Blanche,* só tocou música para dançar junto, sem parar, a noite toda. Uma quebra na rotina.

Ela estava com um grupo de amigas. Conversavam e riam, como fazem meninas em bailes. Ela notou que havia um rapaz só, de pé, junto ao bar. Não era conhecido. Nem estava de branco, como todos os outros. Olhava para ela. Era insistente, o olhar. Ele era mais velho, mas ainda um menino. Ela não aguentava muito aquele olhar e abaixava o seu. E depois volta. E ele sempre olhando para ela. Foi assim um tempão. Então, ele acenou um *vem cá.* Ela achou aquilo meio pretensioso, mas decidiu ir. Como foi duro andar com naturalidade até lá!

Quando ela chegou perto, ele disse: *Vai lá dentro, tira a calcinha e traz para mim*. Ela levou um tremendo-gigantesco--colossal susto, porque aquilo não se falava à época. Não foi, entretanto, desrespeitoso o rapaz. Ela, intrigada, prosseguiu: *Você está louco?* Ele disse: *Eu não estou louco* – pausa. *Vai lá dentro, tira a calcinha, traz para mim e vamos dançar.* Com a firmeza do pedido e o timbre da voz, ela sentiu um formigamento na nuca e leve tontura. Por seu corpo desceu uma enxurrada de hormônios, alguns elétrons. Abriu-se um abismo. Ela se virou, foi lá dentro, tirou a calcinha e, caminhando bem devagar, trouxe a calcinha apertada na mão. Entregou para ele, que guardou no bolso da frente e foram dançar. Um Ray Conniff inesquecível. Depois, foram outras tantas músicas, noite adentro.

Quando já ia alta a noite branca, ele disse um misterioso: *Estou aqui só esta noite.* Ela, atrapalhada, disse que iria para Dourados, no dia seguinte, com a irmã e uma amiga. Ele disse que no dia seguinte pegaria o trem para Santa Cruz de la Sierra, o Trem da Morte. De lá iria para Sucre, Potosí e La Paz, Titicaca, Puno e Cuzco. Aquilo soou magia, mistério, encanto. *Vem comigo*, disse ele tão junto ao seu ouvido. Ela sentiu a perna fraca, bamba mesmo. Não conseguiu falar nada. Mais tarde ainda, quando parou a música e acendeu o salão, eles se despediram, com um beijo no rosto. Tudo à vista dos pais dela, que esperaram até o fim da festa para ver que história era aquela.

No dia seguinte, ela foi para a rodoviária com a irmã e a amiga, contou tudo para as duas, que quase caíram de costas. Pediu cobertura e se pirulitou. Chegou afobada à estação da Noroeste. Embarcou no apito do trem. Correndo e batendo pelas poltronas, o encontrou no último vagão. Sentado com uma enorme mochila vermelha. Aí sim. Foi ele que tomou um tremendo-gigantesco-colossal susto. Não conseguiram falar nada, nem sorrir. Depois falaram um pouco. Então falaram muito e foram se aproximando. Depois, foi puro encanto. Um sonho sem fim. Por semanas estiveram em outro mundo, que nem suspeitavam existir. Em Ayacucho, houve noite do Sendero Luminoso de muitos tiros, fogo e morte. Ela não sentiu medo algum ao lado dele

Quando voltaram, em poucos meses ela se mudou para São Paulo, para morar em república de meninas de Bauru. Na verdade, viveu com ele, sem conhecimento dos pais, por todo cursinho e faculdade. Dois anos depois da formatura, poucos meses antes do casamento, ela o apresentou aos pais. Eles acharam o rapaz com cara boa e até meio conhecida. *Casar já? Não seria melhor esperar um pouco, conhecer melhor o rapaz?* Ela disse: *Não, não é preciso.* Casaram.

Há vinte anos estão juntos. Com as filhas adolescentes, é ela quem decide as coisas. Sempre vai buscar ou espera acordada. Às meninas sempre diz: *Volte cedo pra casa, não seja você a primeira, ligue quando chegar*, estas coisas. Ele ouve tudo isso meio de longe. Mas, quando ela diz *tenha juízo*, ele sempre sente um leve arrepio na espinha.

Bar Sur

Eu estava em Ushuaia, na Terra do Fogo, três mil quilômetros ao sul de Buenos Aires. Meu dinheiro havia acabado e eu tinha de voltar de carona, não havia saída. Com essa certeza fui para a beira da estrada onde fiquei três geladas horas até que um velho Citröen Deux Chevaux parou para mim. Ele perguntou qual era meu destino e eu disse Buenos Aires, com a tranquilidade dos meus vinte anos. Ele disse *suba* e assim passamos onze dias entre asfalto, frio, oficinas, *hosterías* e esperas. Foi assim, ao acaso, que começou nossa amizade, que já vai pra mais de vinte anos. Ele ia assumir um bar que comprara no bairro de San Telmo. Tinha lá suas ideias.

Tudo isso para explicar por que anos mais tarde, na noite de 18 de agosto de 2003, eu ouvia o bandoneon de Osvaldo Barrionuevo, sentado à mesa com Don Julio, no 20º aniversário de seu Bar Sur, em Buenos Aires. A casa estava cheia e, de última hora, acomodaram ao nosso lado um argentino acompanhado de uma brasileira. Ele era um tipo magro e grisalho, do cavanhaque elegante. Ela era uma morena, viçosa do sorriso insinuante. No intervalo entre as entradas, enquanto Don Julio fazia as vezes de anfitrião, ouvi a conversa deles ao meu lado.

Ele começou por explicar o nome do bar. Sul, para a Argentina, era tão emblemático como o trópico era para o Brasil. Ao trópico se associa o calor, o sol e a música alegre. Ao sul, o frio, os dias longos escuros e a música triste. *Escuche ese tango que recién toco*, disse ele, *vivir con el alma aferrada a un dulce recuerdo que lloro otra vez*. Comparasse com a bossa-nova que fala do pato que vinha cantando alegremente. Que pato canta alegremente? Só um pato tropical. *No le parece?* Se para o brasileiro nadar é um refrigério, nadar na Patagônia é tão possível quanto voar, exagerou um pouco o argentino. E assim ele prosseguiu a análise, que me parecia bastante boa. Sobretudo como cantada de intervalo de *show* de tango. Estava claro que eles haviam se conhecido há poucas horas.

Com muita propriedade ele falou do mate, seu calor e compartilhamento. Comparou com o coco tropical, que era tomado gelado e individualmente. Eu comecei a achar que ele estava exigindo muito de seu modelo, mas a coisa ia bem. Ela estava encantada: o sorriso era úmido e os olhos brilhantes. Eu via Don Julio feliz, passando de mesa em mesa, quando o argentino entrou no sempre delicado assunto do futebol.

Ele disse que pelas mesmas razões, *el equipo argentino siempre fue luchador, sufrido, perseverante y fuerte*, acentuou com os dentes cerrados. E, por oposição, nossa seleção era *calurosa, alegre, relajada, pero floja*, disse em tom conclusivo. Naquele instante, ela pantera, pulou por cima da mesa e grudou na garganta do elegante analista. Foi tudo pro chão: garrafa, taças, toalha e, claro, o interessante modelo. Ela ficou ali grudada no pescoço dele que, cavalheiro, não utilizou da força para se livrar. Eu, o único ali em condições de encerrar aquilo, tinha treinamento em emergências e dei um tapa na cara dela. Ela caiu em si e largou o pescoço dele, que logo se aprumou e saiu com elegância. Sábio, sem uma palavra. Don Julio cuidou para que a mesa fosse arrumada e voltou a atender seus convidados. Logo o *show* seguiu em frente e eu fiquei ali com ela. Na verdade por mais dois anos. Turbulentos anos, claro.

Foi dessa forma que tudo começou e se encerrou entre nós, com estímulo facial. No desenlace, foi sobre minha pessoa, que só então caiu em si.

Por vezes penso que a culpa de tudo foi do querido Julio, que parou seu Citröen naquele dia gelado. Por vezes penso que a culpa foi do argentino, que desnecessariamente abordou o futebol. Pode até ser culpa minha, mas como eu poderia resistir àquele olhar doce valente que defendeu a honra da Pátria?

Claudete

Ela não sabia o que era linha de montagem nem ouvira falar em *Tempos Modernos*. Não sabia nada disso. Largou o trabalho de faxineira e foi trabalhar na fábrica. Parafusava noventa e seis tampos de fogão por dia.

Com o tempo, veio o cansaço, então um tédio mortal que a deixava abatida e, depois, a lesão de esforço repetitivo. Como ela era uma pessoa bem simples, cada problema era um novo problema. Ela não diria assim, mas havia um sentimento estranho de que tinham se apossado de seu corpo.

Decidiu largar a fábrica e, cautelosa, se inscreveu no supletivo, à noite. Depois de quinze mil tampos de fogão, concluiu o supletivo, pediu as contas e foi procurar coisas melhores.

Ganhou um emprego com o olhar, a voz e o sorriso que, sabem eles, sempre passa pelo telefone. *Call center* para ela era um sonho. Computadores – quem diria? – e telefone, uma conquista. Foi treinada, digeriu o roteiro e logo começou em *novas assinaturas*, para uma operadora de TV a cabo. Pegou o jeito da coisa. Passaram uns seis meses e o trabalho, sempre igual o tempo todo, começou a esmagá-la. Pensou que havia algo de errado consigo. Afinal, trabalhava sentada, falando. Ela não estava apetrechada para analisar essas coisas assim, mas o que a matava não era mais o horror do corpo em esforço repetitivo. Era o corpo confinado e, agora, sua mente em processo repetitivo. Era mais grave. Só se sentia bem no banheiro, quatro vezes por dia.

Assim mesmo, ela progrediu e logo a promoveram para *encerramento de assinaturas*. Sua premiação era pelo insucesso das solicitações. No princípio estranhou, mas acomodou. Sabia enrolar o cliente até o ponto de ele desistir. Já havia feito isso com homens. No fundo de seu peito, sentia que algo estava errado. Ela não diria assim, mas por ali havia violência moral. Agora seu corpo, sua mente e seus valores eram violados. Coisa que Chaplin não poderia imaginar. Encabrestrada, era conduzida por onde não se deve ir. Certo dia, já pelas tampas, acolheu prontamente todos os pedidos de *encerramento de assinatura*. Em poucas horas estava na calçada. Despedida.

Com sentimentos confusos, voltou para casa preocupada. Precisava trabalhar, aceitaria qualquer coisa. Em poucos dias começou na padaria. Entrava às cinco. Assustada com o frio, com o escuro e com o cobiçoso olhar do padeiro, preparou a primeira massa na madrugada. Em poucas semanas, dedicada e caprichosa, já estava em confeitaria. Gostou, se interessou e aprendeu. Não demorou muito e aceitava encomendas de bolo, em casa. Largou a padaria, foi formando freguesia e aos poucos enveredando pelos bolos temáticos. Um campo de futebol, então um coração, depois um violão e assim foi. Eram suas esculturas com forma, sabor, cor, textura, aroma, crocância, umidade e brilho. Abrigavam intenção. Davam prazer ao paladar, ao olhar e ao olfato. Alimentavam sonhos. Atendiam desejos. Cada dia um diferente. Tudo criado em sua mente, feito por suas mãos, no seu tempo, com afeição. Isso tudo a fez uma pessoa una. Mais bela.

Talvez não tenha sido exatamente esse o entendimento de Claudete, mas foi como o Dr. Oscar interpretou tudo que ouviu enquanto a esperava terminar o bolo que encomendara. Percebeu ainda em Claudete um perfume de *patchuli*, que se misturava com a baunilha do bolo. Viu traços de farinha na fresta da blusa de Claudete. Viu a delicadeza das mãos, o movimento dos braços, o decote discreto, o carinho com o detalhe, o rosto sereno e aquela devoção dos entregues.

Chegou em casa e beijou D. Letícia, que achou o bolo lindo. Chegaram os filhos, abriram um vinho, conversaram, almoçaram e foram para os parabéns.

Quem olhasse de fora diria que comeram todos o mesmo bolo.

SASTA

Um eventual bacalhau no 53 era o que aproximava o meu mundo ao do Fernandes. O velho amigo era muito ligado à saúde e ao natural. Tal era sua devoção que somente esse abençoado peixe ao forno, banhado em azeite, junto às batatas e acomodado entre os legumes e as verduras, nos aproximava. Por graça de Deus, o tinto a ele era permitido e até recomendado. Assim pudemos manter nossa amizade, apesar dos caminhos distintos que tomamos.

Naquele sábado, ele chegou sério e foi logo ao assunto: *O Azevedo, morreu. Pimba, sem mais! Um absurdo!*

Perguntei quem era o Azevedo. Para agradá-lo, perguntei se era gordo, fumante e sedentário. Ele disse que não: *Era um esportista, magro, não fumava, tomava vinho tinto, comia um dente de alho por dia, não tocava em açúcar, fritura nem pensar, comia tomates e muito brócolis com azeite virgem. Casquetada, como é possível?*

Morrer é grave, claro. Mas se para mim aquilo apenas contrariava expectativas, para ele feria os fundamentos da sua existência. Ficou pensativo ao longo do bacalhau. Percebi que seu olhar não buscava memórias do Azevedo. Indagava: *Como é possível que um animal saudável possa morrer?* Aquilo me contaminou e assim perplexos falamos do destino. Fomos então à sobremesa, ao café e a um digestivo. Na verdade só eu, porque ele ficou numa entristecida banana assada.

Só fomos nos encontrar muitos meses depois. Ele havia radicalizado ainda mais as coisas, agora era ovolactovegetariano. *Com a exceção do nosso bacalhau,* disse ele. E mais, disse que agora vivia em um universo tântrico em que a relação sexual era uma alegoria para a relação com Deus. Um universo de contenção, de retenção de energia. Não entramos em detalhes, comemos nosso bacalhau.

Desde aquele encontro, eu o vi, vivo mesmo, só mais uma vez quando voltamos ao 53. Conversamos e bebemos até as três da tarde e nos despedimos. Não deu uma hora e me liga uma mulher. Disse que meu número havia sido a última ligação do celular dele. Disse que ele estava morto na cama dela e eu precisava dar um jeito. Aquilo foi um coice em meu peito, logo esfriado pelo susto: *Dar um jeito? Como dar um jeito?*

Corri para a casa da tal mulher, eu não sabia que o Fernandes tinha esses rolos. Ela explicou o ocorrido e o seu plano para preservar a honra do amigo. A solução era dizer que ele morrera em meu carro a caminho do hospital.

Vestimos o Fernandes e ajeitamos seu corpo no banco de passageiro, com cinto. Esperando escurecer, só nos restava conversar.

Descobri que ela era a viúva do tal Azevedo, cuja morte nos impressionara há dois anos. Ah, o Fernandes! Mais ainda, descobri que a tal atitude tântrica evoluíra, com ela, para um tal de SASTA que eu nunca ouvira falar. Encabuladíssima, ela explicou o que era: *Sexo animal ao som de tambores africanos.* Ah, o Fernandes! Foi em uma dessas que ele morreu. Olhei bem a viúva, inteira. Morreu bem, o Fernandes.

Escureceu, ela me deu o número do seu celular e pediu que eu avisasse do andamento das coisas. Parti com o corpo de Fernandes ali ao meu lado. Era arriscada a missão. Eu não podia ser parado, de jeito nenhum. Nem em assalto.

Foi uma noite pesadíssima: hospital, perguntas, família e choro. Só fui para casa ao entardecer do dia seguinte. Aí que me dei conta que, no velório, eu havia pensado só na viúva, não nele. Antes de entrar na minha garagem, maduro e calejado, resolvi jogar pela janela o papelote com o telefone dela. Aquela fera já abatera dois.

Na manhã seguinte, o porteiro me viu andando junto ao meio fio, cabeça baixa. Perguntou se eu havia perdido alguma coisa. Eu disse que não e segui lentamente.

Não é possível que um papelote suma da noite para o dia. Que evapore. Que desapareça. Como?

BAR DO ARLINDO

Quem entra pelo corredor lateral chega aos fundos da mercearia, assentada no espigão da Cerro Corá. É um terreno grande, coberto por uma enorme mangueira que emoldura a vista sobre as árvores da Lapa. Ao fundo, a Serra da Cantareira.

Há por lá também uns pés de mexerica, de lima-da-pérsia e de limão. Tem ainda carambola, romã e um solitário pé de uvaia que, em novembro, perfuma toda vizinhança.

Nesse quintal, há tempos, o Arlindo espalhou umas mesinhas com cadeiras de braço e um banco. Montou um bar que, por falta de nome, chamam de Bar do Arlindo. Abre quando ele fecha a mercearia. Aos que perguntam a que horas fecha a mercearia, ele diz: *Na hora de abrir o bar*. Assim é o Arlindo.

Ele cuida das bebidas e a mulher, Fátima, serve petiscos variados. Sempre sobre tábuas de cozinha. Assim, os dois atendem a vizinhança e os poucos que vêm de fora. Há por lá também os veteranos do dominó, e um casalzinho que namora sempre no banco da mangueira. O ambiente é sereno, silencioso, agradável. Não tem TV, não tem rádio. Só o canto de pássaros, soltos. Até Veludo, o cachorro do Arlindo, é tranquilo, respeitoso.

Dezembro passado, a uvaia estava perfumada, caindo do pé. Eu pedi pro Arlindo me amassar umas tantas com muito gelo e pouco açúcar. Que usasse a pinga de Botelhos.

Eu estava bebericando aquela maravilha ao pôr do sol, quando, sem mais nem menos, senta à minha mesa um chato que já me roubara a paz em outras ocasiões. Eu já tinha avisado o Arlindo: *Esse cara vai acabar com o seu bar.*

O sujeito, sem pedir licença, já sentou falando e não parou mais. Sem pedir perdão, sem dar descanso. Falando alto, falando de si. Sem misericórdia. Em poucos minutos, afugentou a turma do dominó e espantou o casalzinho do banco. Até o Veludo se inquietou.

O desgraçado, sem graça alguma, burro e pouco ilustrado, excretava palavras respingando saliva no meu rosto. Eu abaixava a cabeça e ele seguia descarregando seu lixo na minha mente desprotegida.

Porque respeito muito o Arlindo e não sou dado à violência, fui aguentando. Talvez alguém chegasse. Talvez alguém me salvasse. Talvez ele tivesse um enfarte. Mas nada disso ocorreu. O animal não parava de falar.

Eu já estava perdendo o controle, quando o Arlindo senta à mesa e oferece ao imbecil um enorme copo de uvaia, cópia exata do meu: *Brinde da casa! Até as oito a boca é livre.*

Talvez ele quisesse afogar aquela cloaca, conter a evacuação verbal. Eu não conseguia mais pensar direito.

O idiota seguiu falando por mais dois longos copos. Falava e falava. De suas ideias, de sua importância, de seus feitos. Quanto lixo!

Lá pelas tantas, o Arlindo olhou para mim e disse que a Fátima precisava falar comigo. Eu levantei aliviado e fui para a cozinha. Ela foi direta: *O Arlindo pediu para você pegar essa tábua e, por trás, bater forte na orelha direita do cliente.* Só depois entendi porque a direita.

Voltei à mesa decidido, lembrei dos meus tempos de taco, girei o corpo com tudo. Acertei uma tremenda chapoletada na orelha do animal. O bicho desmontou na hora e a boca, enfim, parou de mexer. Restaurou-se a paz.

O Arlindo arranjou o corpo no chão, com a face atingida para baixo e pegou o celular dele na mesa. Fez umas buscas e ligou: *A senhora é a esposa do Nicolau?* Disse que o marido dela havia enchido a cara além da conta, atacara a Dona Fátima e, por fim, desmaiara de cara no chão. Que ela tirasse o corpo de lá em meia hora.

A infeliz chegou com o desafortunado filho, arrastaram o corpo para o carro e pediram desculpas. O Arlindo disse que se ele aparecesse lá outra vez chamaria a polícia. Tinha testemunhas.

Assim é que o Arlindo, com critérios rigorosos e métodos pouco ortodoxos, vem mantendo o alto padrão da casa. Uma das mais exclusivas da noite paulistana. Sequer aparece nos guias da cidade.

O BOLA

Face às incertezas da vida, os mais velhos vestem rotinas como quem veste uma capa de chuva, para se proteger daquilo que a vida exige do corpo e do espírito. Mas, quando ocasionalmente tiram essa capa, oportunidades se abrem.

Na infância, nossos vizinhos eram um casal maduro. Dr. Barbosa, juiz de direito recém-aposentado, e dona Vera, do lar. Nossas casas eram vizinhas de muro, simétricas. Na lateral, tinha um alpendre emoldurado por ornamentos de ferro. Um de frente para o outro. Havia um muro, mas do meu quarto eu via perfeitamente a sala e a cozinha deles. De uma casa à outra, tudo se ouvia. *Com estas coisas se acostuma*, dizia minha mãe. *Se acostuma com tudo na vida*, emendava meu pai.

A rotina dos vizinhos podia ser acompanhada pelos ruídos e aromas. Tudo começava com a abertura das janelas da casa.

A isso seguia o pendurar das gaiolas junto às samambaias. Os passarinhos então começavam a cantar. Logo começava o movimento na cozinha. De lá vinha o cheiro do café, o barulho das panelas e o cheiro de toicinho, que acompanhava o frigir dos ovos. Tudo a cargo da Eliete. Depois, se ouvia os dois conversando e então abrindo a porta para pegar o jornal. E o dia seguia – todo dia – com serena regularidade. Encerrava com o Dr. Barbosa tocando piano e dona Vera fazendo tricô depois do jantar.

Em minha casa, seguíamos nossa rotina: eu voltava da escola, fazia as lições, lia e ficava à toa. Meu pai, sempre atrasado, chegava para jantar. Minha mãe sempre reclamava. Depois do jantar, ele lia e ela fazia crochê. Ouvíamos o Dr. Barbosa ao piano, que nos vinha por sobre o muro. Minha mãe respeitava a preferência do vizinho, ela só tocava seu piano pela manhã.

Certo dia, dona Vera apareceu com um gato para fazer companhia ao Dr. Barbosa. Uma grande surpresa. O Dr. Barbosa negaceou e esperneou. Disse que gato é bicho traiçoeiro. Mas, por fim, o Bola entrou na rotina do casal. Não demorou muito e dona Vera nem mais esperava o Dr. Barbosa tocar piano. Ia pra cama com o Bola logo após o jantar. O Dr. Barbosa ficou só.

Ele foi, então, se aproximando de minha mãe. Logo estavam os dois em nossa sala dos fundos tocando duetos de piano. Minha mãe fazia o *primo*, à direita, e o Dr. Barbosa o *secondo*, à esquerda. Mozart, Ravel e Debussy. Eles se divertiam, sobretudo nas partes em que a direita do Dr. Barbosa invadia a região da esquerda de minha mãe. No princípio, eu achei aquilo divertido, mas logo voltei para a sala da frente e, então, ao meu quarto. Meu pai, assim solto, começou a atrasar mais. Por fim, chegava sempre tarde para um prato feito. Com essas mudanças, fui eu quem ficou só.

Mas a Eliete, vendo minha solidão, chamou-me para uns bolinhos de chuva. Pulei o muro, comi os bolinhos e fiquei por lá. Foi muito bom. Não demorou muito e virou um hábito. Todo dia, depois de dona Vera ir para cama com o gato e o Dr. Barbosa vir para casa, eu voltava à Eliete. Fui pegando gosto na coisa.

Assim ficamos nós todos nesse equilíbrio feliz, por quase dois anos.

Uma noite, escutei uma gritaria de gatos e vi o Bola se esgueirando para o telhado. Antevi problemas. Dito e feito. Não deu outra. O Bola começou a sair à noite. E também pegou gosto.

Então, sem o gato, dona Vera chamou o Dr. Barbosa de volta. Minha mãe parou com o piano à noite. Meu pai foi intimado a chegar para o jantar. E eu, desgraçadamente, não pude mais ir à Eliete.

Num primeiro momento, tive ganas de estrangular o Bola. Só depois entendi que ele era um mensageiro. Um enviado. Um anjo.

Comecei eu a sair à noite. Não com ele, claro.

O Fim

Todos os dias íamos para a escola com minha mãe. Eu e meu vizinho Pedro Zambrano, colega de classe. Ele não tinha mãe e o pai era um simpático pianista cubano que ensaiava todas às tardes. Sem saber, conheci Cole Porter, Gershwin e Bebo Valdés.

O Zambrano desde moleque tinha um sonho que começou, eu sei, com dona Maria de Lourdes, nossa professora de Geografia. Foi ela que nos apresentou o livro *Volta ao Mundo em 80 Dias,* de Júlio Verne. Discutimos cada aspecto da viagem. Conhecemos o intrépido Phileas Fogg, o atrapalhado Passepartout e a encantadora princesa Aouda, indiana, salva da pira funeral de seu ex-marido. Aí, começou o sonho do Zambrano: dar a volta ao mundo com dona Maria de Lourdes. Ah, as pernas de dona Maria de Lourdes!

Mas, aquilo não foi nada perto do que estava por vir.

Poucos anos depois, assistimos à *Volta ao Mundo em 80 Dias* com David Niven, Cantinflas e a inebriante Shirley Mac-Laine, com seu sorriso encantador. O Zambrano generalizou seu sonho: dar a volta ao mundo com uma mulher perfeita, à época Shirley MacLaine.

Com o passar do tempo, naturalmente nos afastamos. Eu sabia que ele advogava, tinha lá suas namoradas e velejava em Ilhabela. Quando nos víamos, ele tornava ao assunto da volta ao mundo. Eu nunca pus fé naquilo.

Há uns quinze anos, um amigo me contou que ele havia vendido casa e escritório. Partiu para a Califórnia, onde comprou um veleiro. Foi o que soube. O resto só soube muito depois.

Sua primeira tentativa de volta ao mundo foi em San Diego, que é ponto de encontro e partida de velejadores que cruzam o Pacífico. É lá que se encontram as pessoas e se formam grupos para a grande travessia. É lá que se enfia logo a cara no mar, rumo à Oceania. Um mês só de céu e mar. Ele imaginou que em San Diego encontraria uma mulher, um amor, para a viagem da vida.

Foi conhecendo mulheres para descobrir aquela com quem passaria um mês em um veleiro. Com quem daria a volta ao mundo. Em tempo, viu que não tinha coragem. Não de atravessar o Pacífico, mas de decidir por uma mulher. Ficou claro que para uma viagem dessas não se encontra uma mulher e se viaja. Começa-se a viagem e encontra-se uma mulher. San Diego não é bom para isso.

Decidido, trouxe o barco para Salvador e em nova abordagem, de lá partiu solo. Rumo sul. Parando por aqui e por ali, mordiscando a costa, farejando praias, conhecendo gente.

Foi assim, tranquilo, experimentando o viajar, que encontrou a tal mulher. Arrebatado, louco e apaixonado, ele a convidou para ir até Paraty. Ela aceitou e assim foram descendo por seis meses ensolarados até Paraty. Lá chegaram e lá ficaram por mais um ano. Em plena felicidade.

Certa noite, em que olhavam estrelas, ele falou de seu sonho da volta ao mundo. Casualmente a convidou para a esperada viagem. Ela demorou para responder e murmurou: *Aqui tá tão bom.* Olhando estrelas, maduro e sem pressa, ele considerou que de fato não poderia ficar melhor. Demorou um pouco e disse: *Tá bom mesmo.* Foi simples assim, seu sonho teve um fim.

Nunca mais tocaram no assunto e por lá vivem, há muitos anos, em plena felicidade.

Foi lá mesmo, em Paraty, que eu soube disso tudo. Certa noite, andando pelas ruas, ouvi alguém cantando *I'll Build a Stairway to Paradise.* Uma beleza! Procurei descobrir de onde vinha a música e cheguei a um casarão. Iluminada por uma arandela, junto a uma primavera amarela, vi a placa:

Zambrano's. Fui entrando no casarão, por meio às mesas brancas, gente, taças e flores. Junto ao gramado, meu amigo Pedro Zambrano cantava ao piano. Recebeu-me com um sorriso surpreso e ao fim da música nos abraçamos. Conversamos noite adentro e assim soube disso tudo. Quando a casa começou a esvaziar, a mulher dele surgiu lá de dentro. Ela?

Pode ser impressão minha, mas tinha as pernas de dona Maria de Lourdes e o rosto da Shirley McLaine. Lembrava um pouco minha mãe, é bem verdade.

FONTE DOS CONTOS

Preta foi um dos vencedores do Concurso de Contos 50 Anos de Bossa Nova do jornal *O Estado de S. Paulo* em 2008.

Um Homem de Método, *Revista Brasileiros* 50.

Um Grande Circo, *Revista Brasileiros* 22.

Lata 83, *Revista Brasileiros* 39.

A Vida da Magali, *Revista Brasileiros* 30.

La Donna Immobile, *Revista Brasileiros* 32.

Zumbis, *Revista Brasileiros* 44.

Raras, *Revista Brasileiros* 15.

A Hipótese de Jaworski, *Revista Brasileiros* 28.

Café Bali, *Revista Brasileiros* 24.

Vuturuna, *Revista Brasileiros* 51.

Uma Bobagem, *Revista Brasileiros* 33.

Cantilena, *Revista Brasileiros* 26.

De Tempos em Tempos, *Revista Brasileiros* 48.

Uma Boa Receita, *Revista Brasileiros* 23.

GESTOS, *Revista Brasileiros* 21.

UMA PEDRA, *Revista Brasileiros* 16.

O PAI DE MAX BAUER, *Revista Brasileiros* 37.

OS DOIS SEGREDOS, *Revista Brasileiros* 31.

MEUS QUATRO AMIGOS, *Revista Brasileiros* 38.

CARAVAN, *Revista Brasileiros* 25.

MATSUDA, *Revista Brasileiros* 34.

LAMBANÇAS, *Revista Brasileiros* 49.

PADRE BORELLI, *Revista Brasileiros* 20.

UMA BREVE CONVERSA, *Revista Brasileiros* 46.

TROPEÇOS, *Revista Brasileiros* 45.

DOM, *Revista Brasileiros* 41.

O BOM PADEIRO, *Revista Brasileiros* 18.

NOITE FELIZ, *Revista Brasileiros* 17.

O PATAGÃO, *Revista Brasileiros* 40.

OS OUTROS DOS OUTROS, *Revista Brasileiros* 47.

MANHÃ DE PAI, *Revista Brasileiros* 52.

ENCRUZILHADA, *Revista Brasileiros* 42.

LEVE ARREPIO, *Revista Brasileiros* 29.

BAR SUR, *Revista Brasileiros* 19.

CLAUDETE, *Revista Brasileiros* 27.

SASTA, *Revista Brasileiros* 36.

BAR DO ARLINDO, *Revista Brasileiros* 43.

O BOLA, *Revista Brasileiros* 35.

O FIM, inédito.

Título	O Pai de Max Bauer e Outros Contos
Autor	Marcos Rodrigues
Editor	Plinio Martins Filho
Produção editorial	Aline Sato
Projeto gráfico e editoração eletrônica	Negrito Produção Editorial
Revisão	Lilian Brazão
	Plinio Martins Filho
Capa	Negrito Produção Editorial
Foto da capa e do miolo	Luciana Mendonça
Foto do autor	Luiza Sigulem
Formato	15 x 20 cm
Tipologia	Minion Pro
Papel	Pólen Soft 80 g/m² (miolo)
	Cartão Supremo 250 g/m² (capa)
Número de páginas	184
Impressão e acabamento	Gráfica Vida e Consciência